★中国科幻新锐系列★

浮生一日

王诺诺 | 著　王晋康 | 主编

深圳出版社

图书在版编目（CIP）数据

浮生一日 / 王诺诺著. —— 深圳：深圳出版社，2023.7

（中国科幻新锐系列 / 王晋康主编）

ISBN 978-7-5507-3794-5

Ⅰ. ①浮… Ⅱ. ①王… Ⅲ. ①幻想小说 – 小说集 – 中国 – 当代 Ⅳ. ①I247.7

中国国家版本馆CIP数据核字(2023)第050627号

浮生一日
FUSHENG YIRI

出 品 人	聂雄前
项目策划	刘　婷　简　洁
特约编辑	刘秋香
责任编辑	张　梅
责任校对	聂文兵
责任技编	梁立新
封面绘制	蘑菇君
装帧设计	见　白

出版发行	深圳出版社
地　　址	深圳市彩田南路海天综合大厦（518033）
网　　址	www.htph.com.cn
订购电话	0755-83460239（邮购、团购）
设计制作	见白设计工作室
印　　刷	深圳市华信图文印务有限公司
开　　本	889mm×1194mm　1/32
印　　张	8
字　　数	118千字
版　　次	2023年7月第1版
印　　次	2023年7月第1次
定　　价	45.00元

我们紧紧握住对方的手，
世界才从一片乱流中诞生出意识

今年是我从事科幻创作三十周年，作为三十年前的"新锐"来主编"中国科幻新锐系列"丛书，免不了忆起很多陈年旧事。

中国发展太快了，三十年已如隔世。科幻圈都知道，当年我因为被十岁娇儿逼着讲故事而被逼成了科幻作家，巧合的是，我的宝贝孙子今年正好十岁，也在每天逼着我讲科幻故事。但相隔三十年的两个十龄童显然有很大差别。孙子生活在深圳，除了校内学习，还要参加各种培训班，活得很辛苦。但在承受现代化的压力的同时，也享受着现代化的慷慨馈赠：他已经周游列国；英文水平已经达到能通读原文版《哈利·波特》的程度；经常参加英语话剧表演和钢琴比赛；因为读书多，写起作文也能随手挥洒倚马千言。可以说，这个十龄童的小脑瓜内的信息量，绝对十倍于三十年前那个十龄童的信息量。我曾开玩笑说，这代孩子从小就受信息洪流的强烈刺激，说不定他们的大脑沟回都会比三十年前的孩子深一些。

一斑而窥豹，单从我的孙子身上就可以清楚地触摸到时代的进步，触摸到深圳这个"科技之都"的脉搏。

我一直有一个观点，科幻文学这个品种的兴盛和其他文学品种不同，其他文学品种的巅峰不一定和盛世同步，反倒有可能"乱世出经典"，"国家不幸诗家幸"；但科幻文学的巅峰和盛世之间呈现出很强的正相关性，因为只有社会经济和科技足够发达，能培养出足够多的、跨过某一个知识门槛的读者群和作家群，科幻文学才能蓬勃发展。放眼看世界上科幻文学的诞生和科幻文学中心的数次迁移，都符合这个规律。

而今天，中国社会的腾飞已经到了"这个份上"，更不用说中国的"科技之都"深圳。

近十年是中国科幻文学发展最迅猛的十年，一批八零后甚至九零后新锐作家不断涌现，他们视野开阔，感觉敏锐，信息丰沛。他们毫不客气地将中国科幻文学的大旗从我们这代人的手中夺走，扛在了他们年轻的肩上。本次主编出版的"中国科幻新锐系列"，经过了精心挑选，代表了本土孵化和本土选拔的科幻作品一流水平。丛书包括科幻作家陈楸帆、王诺诺、谭钢、分形橙子这四位科幻作家的作品，他们都是新一代中国科幻作家中的佼佼者。

在这一代新锐科幻作家群中，常年在科技创新第一线的工作者居多。这种现象在当代中国科幻圈相当普遍。他们出身于理工科，曾在 IT 行业或其他前沿科技行业工作多年，这些经历让这批作家能够站在与众不同的科技视角来审视未来的技术发展。在他们的作品中，往往有出其不意的科幻创意，极具震撼力和冲击力，又完全符合科学理性。当他们带着这些点子进入科幻创作领域，就会打开阿里巴巴的宝库，写出夺人眼球的优秀作品，给读者呈现一场科幻盛宴。

除了这些特点之外，我还发现一点巧合：这四位作者都和深圳有关联，他们或在深圳工作，或在深圳成长，或在深圳居住。这既是巧合，也不全是巧合，因为这个城市本身就很科幻，很新锐。深圳经济特区自建立以来，在四十多年的岁月里，一直在大笔书写着一个个传奇故事。金融之都、创新之都、粤港澳大湾区中心城市之一，这座城市四十多年的成就，本就是一部科幻色彩浓郁的华丽篇章。在深圳这片日新月异的热土上，发展科幻产业，拥有无可辩驳的天然优势。

深圳作为中国独一无二的未来都市，凭借得天独厚的科技资源优势，已经汇集了大批的科幻从业者，包括全国唯一致力于科幻发展的公益基金——"科学与幻想成长基金"。由该基金发起举办的"晨星杯"中国原创科幻文学大赛，已经连续举办了八届，为国内科幻发掘、培养了一大批以本土作家为主的优秀新锐科幻青年作者。我忝为该基金一个挂名的督导，对他们这种锲而不舍的坚持十分感动。中国需要这样的科幻组织。

该基金继组织"晨星杯"中国原创科幻文学大赛之后，又与深圳出版社合作，适时推出"中国科幻新锐系列"丛书。相信这套丛书能够加强深圳本地科幻力量的交流协作，为科幻事业提供优秀的文字基础作品，也为新锐科幻作家的作品推广和 IP 运作提供一个良好的平台。希望假以时日，它能成为中国有影响力的科幻出版品牌，成为大家认识和了解中国新科幻的第一站。

长江后浪推前浪，新锐科幻力量必将引领中国科幻走向下一个辉煌。

2023 年 3 月

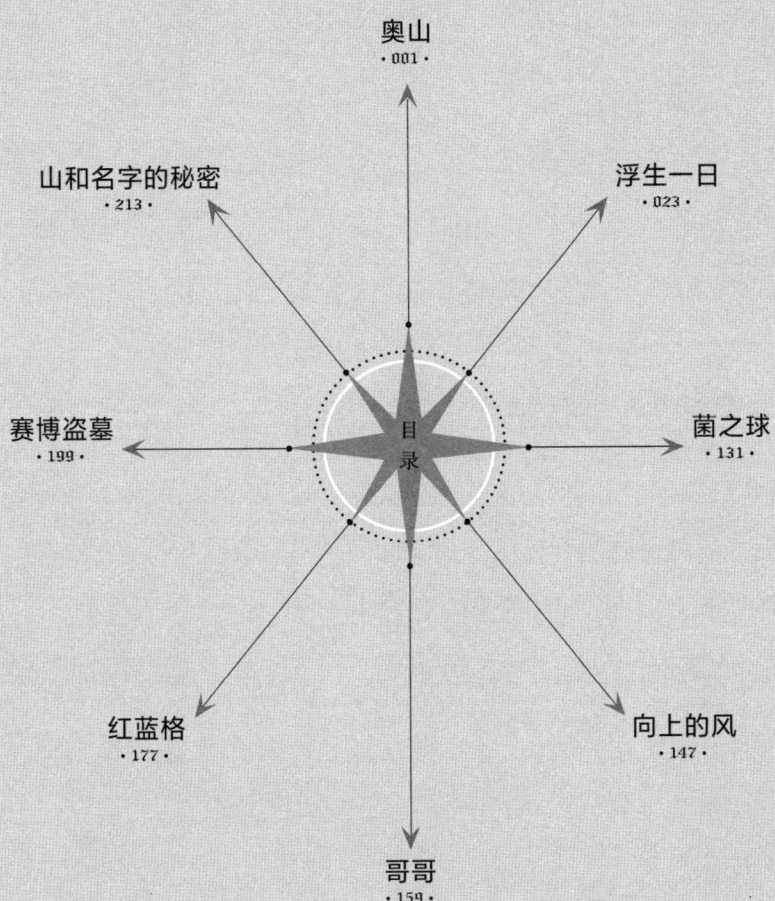

奥山

李文初次来到奥山时，还没有毕业。他坐了五个小时的飞机，转了两趟大巴和一次摩托车来到这个穷乡僻壤，心想着用支教的经历为简历添上好看的一笔，再回首都找份好工作。

奥山一切美好，雨后有笋尖、玉竹、蕈菇往上冒，抬起头能看到树梢上飞蹿的盲猴和扑棱的蜂鸟。可惜李文的专业是语言学，如果他是生态学或环境系的，那么当地的生态图谱一定会引发他的学术热情。

"奥山的纬度在北回归线上，间冰期是季风气候，湿润多雨，雨水侵蚀岩石发育成喀斯特地貌，到了几个大冰期，又遇到地势抬升，所以这里的几个大岩洞不在地底下，而是在上面。"

李文顺着校长的指向望去，目光沿陡峭的崖壁一路向上，刺棘掩映下，隐约能看到一个黑黢黢的洞口，就在几乎垂直成九十度的山崖之上。

"以前有徒手攀岩的高手挑战过盲峰，就是想往洞里看看。"

"结果呢？"

"结果不好。"校长耸耸肩表示遗憾,"我们回去吧,天色暗了,这一带晚上盲猴成群出没。"

盲猴是莫香族的食物。

奥山地处三国交界,险峻的地势和茂密的丛林让它成为与世隔绝的桃花源,直到四十年前秘境被登山队闯入——竟有一支部落在密林和山崖里栖息,与现代文明交流甚少,在 21 世纪仍维持近乎刀耕火种的生活方式。

莫香部落的居民罕有能活过三十岁的。短暂的一生中,他们掌握独特的语言、食谱和审美。用玉笋壳做衣服,吃盲猴的肝和肉,主食则是将刺棘根部晒洗后获得的淀粉,晒干捣实后做成的一种黑"面包"——"若依"。

最初探险队也曾想向奥山传播宗教、文化,可是这里的人们没有纷争,从未奢求和期盼过什么。当外人向他们描述"天堂"多么美好,要努力,以后才能去"天堂"时,莫香族人只会憨厚地笑笑说:"'以后'是什么意思?"

探险队员很无奈,莫香族语言中没有时态,更没有过去、现在、未来的概念,换句话说,他们是只活在当下、享受时光的人,这让所有"天堂"的概念都变得苍白无力。

来奥山将近一个月，李文知道校长有莫香族的血统，也算半个土著，便听他的话下了山。但到了晚上他还是从宿舍偷跑出来，白天仅一瞥的盲峰似乎在召唤，他也说不清为什么。

丛林和山路都不好走，不知名的蚊虫起落在皮肤上，夜晚的玉笋林发出幽暗的绿光，外乡人不一会儿就找不到回头路。正当李文决意就地休息，天亮再找路时，他听到了一阵长啸。

似乎是从远处传来，但很快如同呼啸的火车一般，有了多普勒效应。这是一种李文从未听过的音色，如果硬要将其与生活中熟悉的事物比较，那就类似于拿着沾水的柳条或皮带，在干燥的风中抽打的声音。

直觉告诉他，这是盲猴。

盲猴不是视觉动物，却有最敏锐的听力，按照当地人的说法，它们可以轻易辨析几公里外蜂鸟振动翅膀的频率。盲猴依靠风力传达声音，用叫啸召集同伴。莫香族有一句话："遇见盲猴一只，刚好饱餐；遇见盲猴十只，不够果腹。"意思是，虽然盲猴是日常美食，但当遇见盲猴群，那么被吃的很有可能就是人类自己。

李文慌了，黑暗中拼命狂奔，身后窸窸窣窣，皮毛划过树枝的声音令人胆战，他的喘息声混合着月色和越来越近的血腥味飘洒了一路——这时一阵分贝更高的尖声从耳边划过：

"呼——唔——唔唔呼——"

这声音抑扬顿挫分明，和盲猴的叫声有几分类似，但更像来自人的声带。十几个火把从树林深处亮了起来，李文向那些亮光跑去，刺棘割破了他的脚，他顾不上了，在一片可怖的叫声里，他终于靠近了人群。

"年年？"

"李老师？"

年年是他学生小月的姐姐，莫香族人。和大多数莫香族的孩子一样，两人的父母早逝，由姐姐抚养妹妹生活。

年年穿着玉笋壳做的结实猎裙，穿过齐腰灌木丛，用悠扬婉转的呼声与族人沟通。

"呼呼——唔——"

李文发现，呼声每次响起时，音调、音节间隔都有微妙差异，人的耳朵很难分辨出来，但在万籁俱寂的夜晚，李文用心去听，还是能够找到一些规律。

一阵箭雨过后，呼声渐渐平息。

"猎到了！"年年对李文说。

死去的盲猴中了毒箭，掉落灌木丛，不一会儿，下司犬将盲猴衔回。火光照耀下，李文第一次见到盲猴的模样——它们的脑袋并不大，四肢壮硕多肉，顶着一双绿豆大小的眼睛，耳朵长在了脖颈与肩胛连接的地方。

"它们遇敌会立起肩胛，耳朵开在那里，肩胛骨就是一个巨大收音器。"年年解释道。

"你们每天晚上都捕猎？"

"也不是每天，毕竟我们中的有些人白天还要找你上课。上课嘛——不能打瞌睡！"她调皮地笑笑。

"刚刚你们嘴里叫的是？"

"莫香族的土话啊，不过只有打猎时才会叫得那么响，好让猎手之间明确各自的方位、人数，将猴群驱赶到一起，再放箭……如果是平常说话，声音不需要很大的。"

"你们的语言很好听，我可以学吗？"李文问。

"这……"年年是个温柔善良的好姑娘，当她想拒绝一个年轻人的请求时，会红着脸低下头，可这是个有星有月的夜晚，实在太不适合拒绝别人了。

他们踏着碎石和笋尖，走在回村路上。感谢这些年的支教事业，部落的年轻人大多已经学会了普通话。看来今晚的收成很不错，他们中有人开心地哼出了一支莫香族小调，音节顿挫分明，音调婉转动听，就像用柳条轻轻抽打着晚风一般。

这些年，校长看惯支教青年来了又走，他们为当地孩子留下过一些零散的ABC，但最终消失在大山之外，消失在大城市的996里，奥山就是精英简历里一行漂亮的字，一个与世隔绝又俗套无比的注脚。

可是，站在自己面前的李文似乎是一个特例。

"你说你要学莫香土语？"

"对。我研究生读的就是语言学，昨晚我听了当地青年之间用莫香语对话，它的发音方式不仅与汉藏语系的四百多种语言迥然不同，也与所有已知的语言毫无关联。"

"这么说来，你是个语言专家了？"

李文脸色一红："嗯……本来，是想继续在专业上深造的。"

"后来觉得还是先支教，再找份工作更加靠谱？"校长挑起眉头，"这种语言可不是谁都能学的，除了本族人外，我还知道一个会说莫香土语的。"

"是谁？"

"我的父亲。他是第一批来这儿的登山队成员，已经失踪很多年了。"

"失踪？"

"最后一次有人见到他，就是在盲峰。他们说他爬进了那个溶洞，那是莫香族人最深的秘境。"

"所以你在奥山最偏远的学校留守一辈子，就是为了等你的父亲回来？"

"别说得那么煽情好么？不是找爸爸找了一辈子，而是在找他的过程中，一个不注意，一辈子过了大半。"

"他的失踪，和学习莫香族语言有什么关系？莫香语难道是一种禁忌？"

"那倒不是，谁都可以学，但不是所有人都能学会。我到今天也只能听懂一半，爸爸是全学会了，只可惜除他外，似乎没有外乡人学成的案例。"

"这一点，你倒不必担心。"李文说道。

李文是语言天才，他记性很好，又善于对比和总结规律，念大学时，为了完成语义比较的论文，他用三个月时间粗学过一门巴西雨林的部落语言。

但当他在年年的木屋里求学时，还是遇到了前所未有的麻烦。

"为什么'冬天''月光''客人''美丽''离开'这五个词读起来都是'喂尤'，只有细微的音调差异，听起来几乎是完全一样的？它们也没有相同词根一说，这实在太难记了。"

年年挠了挠头，也显得很困惑："是啊，你这么一说，我也觉得……它们听起来似乎区别确实不大。我学莫香语的时候还是个没断奶的孩子，当时也不懂词根、语义是什么，但自然而然很快就学会了。"

"那是因为婴儿的大脑还在发育，通过从环境中获得的

'听觉记忆'会自然而然修改脑部神经回路。而成年人学习语言更多需要的是理解语义，追溯词源，但显然，莫香语不是一门用来'理解'的语言。对了，最早你们是怎么学会普通话的？"

"也没什么特别的，自从这里办了学校，我们到了五六岁就会被送进来，跟着学习拼音和字形，会第二种语言似乎也是一种自然而然的事。"

李文陷入了沉默。他有一种预感：很可能对于年年这种双语习得者来说，两种语言是完全并行的，它们各自拥有不同的逻辑，互不干扰，都在她足够年幼的时候成为她语言本能的一部分。

"学那么久了，也学累了，要不你跟我来？"年年拿起自己的猎弓，常年在太阳下奔跑让少女的脸色红润健康，小腿如同鹿一般修长。

太阳还在天空当中散发热量，远处的盲峰逐渐在视野里变大，从深邃的灰蓝，变成鲜活的翠绿，唯有那一片陡峭黢黑的崖壁还是跟上次李文来时一样。

"盲峰上是莫香族的精神之洞。"年年说，"外人无法靠近，但最善攀爬的我们可以。"

"里面是什么？"

"是祖先。"

"你的意思是，有人住在里面？"

"对。只不过祖先已经无法用眼睛看到世界，我们就是他们的眼睛、手、嘴巴。我们捕猎盲猴，都会献祭给祖先。"

李文皱眉，没有继续问下去。

这三个月与莫香族人的相处，让他十分同情这些孩子。世代隐居在此，部落内通婚让基因库很受局限，因此莫香族人先天视力极差，许多人会在成年后迅速失明。在群山中，看不见东西意味着失去生存能力，传说莫香族人会在失明后由天神引路，走进盲峰上的精神之洞，成为"祖先的精神"的一部分。

"死亡"的另一种优美叫法罢了。

所以，早早失去了父母的莫香族孩子十几岁便担负起获取食物、照顾弟妹的责任。成年后迅速婚配，产下后代，再重复父母的洞穴之路。

正当李文感伤时，年年轻快的声音传来："看，这一片的玉竹笋长得真好！"

玉竹并不是竹子。剥下外表伪装的笋壳，你会看到里面细密的花苞，那是蜂鸟最喜欢的食物。它们轻小的翅膀每秒扇动数十次，让身体可以悬停在玉竹上方，将细长的喙刺破笋皮，在笋芯里吸取花蜜。

蜂鸟又是盲猴的最爱，当蜂鸟吸饱了几倍于身体重量的花蜜，便失去了飞行能力，只能羽翅张开，头朝下挂在竹林里歇息、消化。聪明的盲猴只需要在竹根处猛烈摇动，蜂鸟便会像熟透的枣子一样坠落在地，供它们捡拾。

接下来的几个月里，李文全身心扑在语言学习上，通过词语比对，他发现莫香土语是一个精巧的系统。

它并不是完全以词语本身表意的——要理解莫香语，还要同时注意说话人的音调高低和语速。

比如"喂尤"这个词，如果用尖锐的声音快速说出来，就是"冬天"的意思；而用尖锐的声音慢速说，则是"月光"；用不快不慢的速度低沉地说，则代表"离开"。

虽说人类的大多数语言在表达和聆听时都要考虑到音调和语速，但那些最多只能反映说话人的情绪，这样直接影响语义的语言，李文还是第一次见。

从总结的角度来看，莫香语的三个元素——音调（声音的频率）、音节快慢和词义本身，构成了一个三维坐标系统，每个现实世界的意象在这个立体坐标轴中都有自己独特的位置。如此一来，相比普通语言用一维的"词义"表达，莫香土语的效率高了两个数量级。

校长说李文确实是天才，他用二十年才学会的东西，李文几个月就掌握了规律。

但这时，李文的支教期也结束了。

李文换坐摩托车、两趟大巴、五个小时飞机回到了大都市，把简历投入一家家网站，找一家家公司的 HR 面试，迎接他的是地铁、斑马线、深夜的红绿灯、油腻冰凉的早点。

他总觉得有什么东西发生了变化，还未学成的莫香语像一颗刚刚发芽的种子，在他的大脑内迅速生长。

这天他在面试公司楼下的便利店买午餐，刷手机时看到一则新闻："A市暴雨中的暖心一幕：抗洪抢险队员救下屋顶避难狗狗"。

但新闻评论区画风跟标题不一样："人都要死了，为什么要救狗？""怎么下点雨就涝成这样？负责人应该拖出去！""狗不都是会游泳的吗？为什么要浪费资源？"

李文撇撇嘴，最烦这群键盘侠，A市正在经历百年不遇的暴雨，出现内涝问题是正常现象，而经过政府有条不紊的抢救，绝大部分市民已经被转移到安全高地，抢险队员在灾后全城清查时顺手救了两只狗，防止疫病传播，这怎么也能招喷呢？

很快，另一则新闻又弹了出来："政府将投入大量资金对奥山地区进行全面开发，当地居民即将过上现代生活"。李文习惯性地划到评论区。"一群原住民自己不努力，凭什么要花纳税人的钱去养？""我周围就有个奥山来的人，不是我有偏见啊……真是三观尽碎！"

李文放下手机，他无法隔着屏幕告诉那一端的键盘侠：他曾去过奥山，那里有特殊而绝美的生态环境，那里的莫香族人有外人永远不可理解的生命周期，说着一种无法被文字记录的语言。

一种特殊的语言……和通行的语言截然不同，让人和世界真正地交流有了可能。李文想了想，在一个早春的午后再次订了前往奥山的机票。

可是这一次，年年没办法给他做老师了，年年已经进入了精神之洞。

"怎么可能呢？她还没有结婚生子！"

"她是我们这里耳朵最灵敏的人，最厉害的猎人，眼睛自然坏得也就快一些。"年年的妹妹小月说道，她的脸上毫无悲伤，"李老师不用难过，她进洞的那天穿着白色的麻裙，头上戴着花环和铃铛，高兴得像个新娘。"

"奥山有句话说，莫香族人，只活一瞬。"旁边的校长说，"起初，我也不理解这是什么意思，之后才明白，莫香语是一种描述一切可能的语言。"

经过前段时间的学习，李文也渐渐理解了莫香语的独特之处：当地人的视力有严重缺陷，却发展出强大的听力，能够区分语调和节奏上的微小差异。与世隔绝的简单环境让他们进化出了莫香土语——一种基于词义、音调（声音频率）、说话节奏的三维立体表达方式，一切精巧得就像个魔方一样。

莫香语中的常用单音节词有 16 个，两两组合就有 256 个双音节词，而音调的高低有 9 种，快慢节奏又有 9 种，将它们都考虑进去，就有 20736 种组合。

20736 个词语，就代表了莫香族人一生中能够接触到的一切。他们的语法里没有"主谓宾"或"主系表"这种结构，没有语序，没有时态，也不存在形容词和名词的区别，更没有"偏正结构"的概念。20736 个词语，互相平等，首尾相连，在 9×9×256 个点位的词汇魔方里，成为一切的意义。

当他们要使用莫香语表达时，并不是由口中说出某个词语，更像是说者和听者同时走入了 9×9×256 的点阵，说者报出那几个他要点明的意象的坐标，它们便自动连成了一条线，合成信息，让同一点阵中的听者看见。

李文一直觉得，人类的语言是一个有缺陷的系统。因为当表达"部分信息"的同时，一定也会不表达"另一部分"信息。比如那个耳熟能详的笑话——甲说："苹果真好吃。"那么杠精一定会跳出来反驳："你怎么能说苹果好吃呢？考虑过香蕉的感受么！"

纷争和误会之所以存在，是因为大多数语言是线性的，是流动的，它无法在同一时间里说尽世界上的一切，无法同时表达"苹果好吃，但香蕉很不错，菠萝也尚可，哈密瓜也香……"

但拥有三维坐标系的莫香土语让这一切成为可能。

所有表达出来的，是说者此时想的。而一切没有被表达出来的，依旧存在，就在那个巨大的词汇点阵里，它们此时或许尚未被化成音节说出来，但它们依旧存在那里，代表着世间万事万物一切的可能性。

"校长，我能不能去一趟精神之洞？"

校长没有回答，只发出了一声古怪的、长达三十秒的长叹。很快，李文意识到那是一句莫香土语，没有肯定，也没有否定；没有鼓励，也没有阻止。只是带着李文进入莫香族人的矩阵，让他在瞬间看到了此行的一切可能性：或者坠亡山崖，或者命丧盲猴之口，或者成功进入洞穴却发现其中一无所有。又或者——一种散发着细微红紫色光芒的可能性——在一片黑暗的精神之洞中，那个阳光、活跃的娇小身影向他奔跑而来，头上的花环和铃铛随着脚步，发出轻柔的噪响，就像晚风中的藤条一样。

李文已经真正掌握了这门语言，精神之洞里有他需要知道的一切。

小月的脚步更快，她边攀登盲峰，边为李文找出一条有更多刺棘根茎可作抓手的小路。

"李老师，我们都知道你还要从城里回来的！"

"你们怎么知道的？"

"我也说不清，就是知道！大家都知道！心里、脑子里都觉得过不了几天，你肯定要出现在村口，手里还会拿着些我们爱吃的零食！"

"可是我没有拿零食啊。"

"那等你下了盲峰，再给我补上！我带你爬一趟盲峰，累得不得了。不管精神之洞你进不进得去，都得给我补上！"

他们并没有沿着洞穴那侧陡峭的山岩直接攀爬，而是顺着背面相对缓和的山脊，绕到了精神之洞的正上方。按照李文的设想，在正上方将一根麻绳绑在某棵玉竹根部，就能吊着他俩徐徐降入洞口。

但绳子才刚刚绑好，小月就一个踏空，从玉竹根部陷落进一个大洞，随着土石一起掉了进去。李文连忙尝试去拉，似乎有一股强大的引力，让他们俩一起进入了一片黑暗中。

那是精神洞穴的内部。

和所有喀斯特地貌一样，洞穴里阴暗潮湿，滴滴答答的水声昭示着钟乳石正在生长。李文打开手电，看见自己和小月顺着玉竹茎滑落在一片玉笋苗的根部，幸好有土又有杂草，两人都不至于受伤。

但当他们起身去寻找年年时，却发现这片玉笋苗连成了很大一片，怎么也走不出去。

"这里没有阳光，怎么会长这么多玉笋？"

"玉笋又不是真的竹子，不需要阳光！"

李文俯下身去，细细拨弄那些笋茎，笋皮下的"花"

和"蜜"散发出芳香，但凑近细看，能看出那只是一种菌菇，笋衣贴地的边缘还有菇类没有退化掉的菌伞。

"你看！"

李文顺着小月手指的方向看去，玉笋林最密集的地方发出了幽幽绿光，那是玉笋的发光蕈伞连成了片。一阵噗噜噜的声音传来，原来是蜂鸟在玉笋林的上方筑了巢穴。

"可真会找地方。"李文说。

"姐姐也变成了玉笋。"小月说道。

"什么？"

"这是奥山的秘密，存在精神洞穴里。所有学会我们语言的人能窥晓秘密，你也可以试试。"

李文再次尝试进入那个点阵。

一张张图片从他的脑海里划过，盲猴、星月夜、湖水、穿着猎裙的年年，有些图片是他的经历，有的则从未见过。他明白了，这是属于其他莫香族人的记忆。

奥山的秘密是一个关于循环的秘密。名叫"玉笋"的菌类破土而出，开出"笋花"供蜂鸟吸食，盲猴狩猎蜂鸟，莫香族人又捕食盲猴，等到莫香族人大限将至，便回到玉笋林的根部——精神之洞里，将他们的躯体献给玉笋的菌基，再把记忆存储在莫香语点阵里。

等到菌丝吸取他们肉身的养分再次长出笋尖，孢子随风飞遍奥山时，他们的意志就会和山合而为一。

莫香族人只活在一瞬间，指的就是那个当他们融入语言点阵，所有可能性向他们扑面而来的一瞬。那一瞬间他们知晓山中的一切，世界的一切。

李文的意识渐渐消退，等他再次醒来时，发现他眼中的世界不一样了。

再也没有认识的人见过他。

传闻他去了山里支教，认识了当地漂亮的猎人姑娘就成了家，在当地教书育人，也是桃李满天下。

也有人说他被山里的猴群吃掉，下场悲惨。

还有人说，支教太苦了，他根本没坚持下来，后来他灰溜溜回到城里做起了生意，莫名其妙地发了财，又不想跟过去的穷朋友有太多瓜葛，就都断了联系。

只有真正的李文自己知道，这些人说的都对，在那个瞬间他曾经历过他们口中一切的可能性。

浮生一日

西奥多（〇）

所谓最精悍的猎手，一旦锁定了目标，便会目不转睛地凝视，直至对方出现破绽。

稀树草原上的一只猎豹埋伏在草丛后，清晨的露水还没干透，这已是它今天第三次出击。上天赐予它绝对的速度，却没有给它耐久的机体，很公平。惊人的爆发力也意味着循环和呼吸系统超负荷运转，110公里以上的时速它只能维持15秒，15秒后就会被角羚在弯道轻松甩开。而在最糟糕的情况下，如果连续失手六次，它就要因为体力不支而面对死亡。

猎豹选择了一次伏击，它的视线延伸到百米外，低矮的柽柳丛中有一团褐灰色的影子。也许是一匹小憩的斑马或者高角羚，但这不重要，对猎豹来说，脂肪和蛋白质只要被吃进肚子里，是不会标明来源的。

它蹲伏下身体，腹部紧挨地面，黯淡的毛发与四周的干草混为一体。扁平宽阔的鼻孔轻微翕动，气息因为兴奋而变得急促。附着在肩胛骨的肌肉渐渐上弓，周身上了发条般积攒着张力。

视线里的柽柳丛簌簌骚动了一下——那团灰影正在翻身。

这就是时机。

猎豹的后腿蹬地，重心像弹簧一样跃起，身后扬起一阵尘土。猫科动物罕有这样修长的四肢，可以在奔跑时交替蜷缩舒展。它高度进化的肌肉有着优异的延展性，积蓄的势能被瞬间释放。陆地上最快的动物出击，如同一颗飞旋的马格南子弹，带着死神一起安静地掠过草原。

只剩下不足十米了，距离短到不足以让猎物做出逃窜反应。

猎豹一跃而起，扑向灌木丛后的那团灰影。

这次不会再出差错——它在空中张开嘴，喉头发出低沉湿润的呜咽，伸出利齿和布满倒刺的舌头，下颚几乎已能感受扼断食草动物喉咙的快感……

但它还是没有料到，在绝对的速度之外，还存在更迅猛的杀机。

一支利箭迎面飞来，猎豹的脖颈被瞬间贯穿。

原本滞空的扑食姿态凝固住了，猎豹偏离了目标，伴随"嗵"一声闷响，重重摔在地上。喉咙被刺开一个口子，因痛苦发出的嘶吼变得破碎。温热的血从动脉里喷薄而出，从鲜红直至变成暗褐色，濡湿了土灰色的沙地。

过了大约一刻钟，猎豹的脉搏停止起伏，它死了。

卡拉哈里沙漠的最南端，少雨的夏季，刚刚受完孕的跳羚为了寻找新的草场，结成庞大队伍进行长距离迁移。一轮初升的太阳把血红色投射在成千上万跃动起伏的背脊上。

西奥多·埃尔斯拔出猎豹体内的钢箭，再用一把猎刀割断了它的喉咙。完成这一切，他直起身子，远远欣赏着世界上最壮观的哺乳动物迁徙。

虽然人能够用工具杀死比自己速度更快的猎豹，但草原还是属于孱弱的羚羊。从现在开始的六个月的时间里，如果这些跳羚运气不好，便会在长途奔徙中丧命于斑鬣狗和兀鹰之口；如果运气好一些，抵达水草丰美之地产下幼崽，后代就有机会去延续食物链底层的生活。

如果猎豹可以选，它会不会宁愿去做羚羊？或者干脆像西奥多一样，做一个猎人？

如果人类可以选，他们会不会宁愿放弃真实，去做一个完美又绵长的梦？又或者，离开地球，去深空里寻找新的边界？

这些问题在他的脑海里一闪而过。西奥多继续埋头处理尸体，猎刀曾经的主人是父亲，他离家前把它偷了出来，用了那么多年依旧被养护得很好。刀锋在猎豹的身体里游走，可以很顺滑地分离肌肉、脂肪、软组织和皮毛。

而在身后，卡拉哈里的旱季，无数跳羚正背对着落日，奔赴它们未知的命运。

西奥多（一）

一个浑厚而老迈的声音在黑暗中响起：

"闪烁之神，你赐予我们的福泽悠远绵长。你带领我们从科学的泥淖中走出，找回真实而质朴的生活，重新教导我们与自然相处的技能，引领我们找回抗击黑云魔鬼的力量！"

"闪烁之神！请你归来！归来！归来！"众人应和道。

"闪烁之神，我们将永远谨记你的教导，物质、能量、信息三者之中，只有一个是人类永恒的归宿！我们必须做出选择！今天，是你再次降临人间的日子！今天，我们将点燃人间所有的火，照亮你归来的路！"

"闪烁之神！请你归来！归来！归来！"

平稳而持续的颂祷声与岩壁形成共振，仿佛中世纪教堂里正在进行弥撒。

无论活着的时候曾多么迅猛有力，此刻，这张猎豹皮只能安静扁平地铺在岩洞的前厅里。一百来个人以它为中心围成同心圆，半跪着念念有词。西奥多则站在猎豹皮上。

作为仪式的主角，他明显分心了。猎人的本能促使他想弄清岩洞的构造，但实在是太暗了，视线掠过人群的头顶，只能勉强看见几条小径向更幽邃处延伸。

终于，颂祷声停止，领颂的首领支撑着站起身，他的右腿有些跛，燃起牛羚脂肪制成的火把，光亮增加了一点，但还不足以让西奥多看清楚通向岩洞深处的路。

他听见一个稚嫩的声音："哥哥，真的是你杀了它？一个人杀了它？"

西奥多低下头，见是个七八岁大的男孩儿，穿着体面，领口平整，修剪着利落的短发，和周遭灰土布裹身、长发掩面的人群截然不同。他马上意识到，这就是首领的嫡子——也是自己从未谋面的弟弟。

"是的，你长大一些也办得到。"

"我能看看吗？"男孩儿比画了一个拉弓的姿势。西奥多会意，从随身的简易弓包掏出一把轻盈的小灵蛇手弩，递给男孩儿。

"这么小！用它怎么可能杀死一只猎豹？！"

"埃尔斯家族的男人，也从来不是大块头，却一直是卡拉哈里到好望角这一带的头儿，"西奥多蹲下身，用食指轻轻戳了戳男孩儿额头中央，冲他眨眼，"如果你善于用这儿，头脑，那么体格大小就没那么重要了。"

"我见过爸爸猎斑马，他的弓要大得多，大弓才能射出最快的箭，最快的箭才可以穿透野兽的皮肤……"

"那么，他打猎的时候，斑马会向他跑来么？"

"这倒不会……"

"但是猎豹会。"西奥多说道，"小灵蛇手弩的初速度有50米每秒，而猎豹捕食时的冲刺速度最快可达30米每秒，而我的钢箭只要快于80米每秒，就能刺透一定厚度的皮肤和脂肪。一道数学题，如果换成你，你会怎么做呢？"

"唔！这……太危险了！……没人能面对面杀死扑过来的猎豹！"

"这可不一定。脖子是哺乳动物的弱点，皮下组织和脂肪都是最少的。它迎面扑来时，弱点正好暴露在射程内。只要我能够保证准头，剩下需要做的就是耐下心等着它自己断气，免得被绝地反扑。"

动物脂肪燃烧引起的焦煳味和温暖的橘光一起袭来，那个领颂的低沉男声向他们靠近："咳，威廉，如果你想听更多丰功伟绩，或许可以等到今晚，西奥多从光之域回来的时候，他可以顺便跟你讲讲他是怎么点燃圣火的。"

人群默默散开一个口子，首领带着光亮向他们走来，叫威廉的小男孩儿迅速停止了好奇的盘问，战战兢兢地缩在一旁。

首领大约五十岁出头，一只脚跛了，但线条明朗的皱纹让他看起来精悍而睿智，和他的嫡子一样，穿着少见的体面衣裤，只是袖口和裤脚因为多次清洗而显得有些微微发白。

"你小子偏偏挑了今天回来……是存心的吧？"首领卸下了语气中威严的成分。

"说实话，打死一只猎豹……这作为御火人的试炼，比我想象中简单不少。我很好奇，为什么之前没人这么做，"西奥多漫不经心地说道，"你也没想到吧，老家伙？降临之日当天，我回来顶替你了。退休了有点失落，对吧？"

首领转向西奥多，因为酗酒变得浑浊的眼睛闪过一丝光芒："我不失落，相反，我很欣慰。埃尔斯部落里的前二十四任御火人，也都会为你感到骄傲。泰德，很高兴看到你回来。"

"泰德？上一次你这么叫我，我还和威廉一样高。"

"是啊……时间过得真快。也许这就是闪烁之神的旨意吧！也许我再一不留神，小威廉也会离家出走，过几年再带着试炼之印证回来逼走老家伙……谁知道呢？"首领爽朗地笑了。

"我不会逼你走。虽然自从母亲去世，我就没再对你抱任何希望，但我不会逼你走。"

首领笑着摇摇头："猎豹试炼产生部落新的首领和御火人，而老首领将会被放逐，在荒野上寻找新出路。这是埃尔斯家族的传统，也是闪烁之神立下的规矩。"

"闪烁之神？不要和我提他，他是假的。"西奥多打断道。

他的声音在空荡的岩洞中形成了尴尬回响。部落民众显然被这句话一惊，纷纷交头接耳讨论这位新领袖是否过于出格。

一位用破烂长布裹身的老者上前，他的皱纹里满是泥垢。

"年轻的御火人，请不要狂妄！大地曾被科技的云翳占领，鬼蜮以假象诱惑人类进入它的黑云，从而吸食生的灵魂……就在一切将遁入虚无时，就在黑云即将释放出万毒之毒时，闪烁之神降临人间！他带领人类击败魔鬼，教人类重新和大地相处，寻回真实世界的生存之道……如今，闪烁之神驾着预言之舟回归天界已有三百多年，埃尔斯部落经历过二十四位御火人。每一任御火人都承担着保护火种、传达神谕的职责。而你，作为新一任御火人，也是最幸运的一位，今天将点燃圣火，照亮闪烁之神的预言之舟回来的路！这是所有御火人心中最神圣的却没有执行过的任务，你应该敬畏！"

西奥多冷冷一笑："又是这些。闪烁之神、黑云、万毒之毒、预言之舟、真实世界……这些鬼话！"他的声音里隐含怒意，"我的母亲赤脚在雨天劳作，被水洼里的铁器割开一道口子，第二天她倒下，第三天全身扭曲抽搐、僵直，直至不能开口说话……我向闪烁之神彻夜祈祷，但第四天，她还是死了。活着的时候，她帮瞎眼的老人编织草席，为失去双亲的儿童提供食物，如果闪烁之神真的存在，为什么要带走一个善良的人？还有我们！我们就该这样活着么？睡在草铺上，和动物一起喝雨水，用铁器追捕野兽，妇女和儿童被流行病杀死……如果闪烁之神所说的真实世界就该是这样，那么不听他的也罢！"

西奥多激动的话音落下，众人中几个胆大的纷纷发表意见：

"闪烁之神曾有过教导——即使真实世界充满牺牲，我们还是应该重拾祖辈与自然相处之道，回归本心。"

"但愿闪烁之神足够仁慈，不会因为你这番言论降罪于部落……"

"远古时代的大争论已经给过我们答案，唯有回归真实，回归物质，不依靠投机取巧，逐渐掌握祖辈失落的技艺，才是人类唯一的救赎之路！"

在嘈杂的质疑声中，西奥多意识到，尽管他早上通过了猎豹试炼，但真正的试炼才刚刚开始。

他就像一个孤立无援的演说家，大声对着人群说道："我离开部落将近九年，我坐船，骑马，见识过欧亚大陆的城市。现在它们是废墟，但废墟告诉我，人类曾有过科技和希望。飞行器可以转瞬把人从这里送到北境的格陵兰岛；冶矿技术提供强度最高的合金；曼彻斯特的工厂里还能造出织物，各色的织物！发光的，保暖的，剪裁成各种样式……我们曾发明一切，曾经是自己的神，现在却赤脚在洞穴里跳酬神舞蹈！如果万能的闪烁之神真存在，他在哪里呢？谁又见过他呢？"

西奥多·埃尔斯话音落下，埃尔斯部落族人两百多只眼睛聚焦在他身上，透过火光能看见他们眼里的恐惧、愤怒和质疑。西奥多脑中忽然有个古怪的想法：假如此刻自己变成一张易燃的白纸，那么，会不会像是被阳光下的凸透镜照射一般，在这些目光里的情绪中被燃烧殆尽？

寂静压低了气压，让人胸闷。刚卸下首领职位的父亲歪着头沉默了一会儿，岁月和思绪共同协作，在他眉心犁出两道沟，他缓缓开口道："我带你去见闪烁之神。"

"什么？！"西奥多不敢相信自己的耳朵。

"今天是降临之日，御火人在点燃圣火前聆听他的神谕，见证他遗落在凡间的神迹，心中才不会迷惘。"在目光的注视下，父亲一瘸一拐地朝岩洞蜿蜒的深处走去，又停下回过头来摆了摆手。

"你跟我来吧。"他示意原地发呆的西奥多跟上自己。

S912（一）

在活了 9230 年之后，S912 知道自己时日无多。他活得实在太久了——这次无论怎么看，都是要被擦除的样子。

尽管如此，今早他仍然在喜马拉雅山南麓攀爬，因为这个习惯已经维持5000年了。

5000年，一年是365天，一天爬一次喜马拉雅山。

简直是个疯子。

随着海拔逐渐上升，头顶的东亚冷杉开始增多，阔叶植物投下的厚实阴凉越来越少。S912抬头看一眼树冠，快速估算了一下，现在大约位于海拔四千米的亚寒带针叶林，以目前的步行速度，还剩下十二个小时的脚程，在太阳快落山的时候就可以登顶了。

"记得5000年以前，从山脚到珠峰步行来回只要十分钟，现在居然要十二个小时！越来越费时间咯！"听他的语气，似乎是完成了不得了的成就。说罢他将登山杖插进蓬松的落叶层里，蹲下身子捡起地上一片火红的槭树叶子，捏在食指和拇指之间旋转，"这是五角枫啊？这个海拔上还能长？也太高了点……"

"S912，你有名单了？"

S912闻声抬起头，一个二十岁左右的青年兀地站在面前。S912迅速检索了公共池里的数据，眼前的陌生个体编号K1289888，存续时间五年。

"我真是老得跟不上时代了，'你有名单了？'你们年轻人现在都这样打招呼的？"

K1289888皱起眉头："你不老，是我过于年轻了，分不清老狐狸是不是在撒谎。"

S912两指一搓叶梗，红叶打着旋飘落到以针叶为主的腐殖质土上，鲜明的水红色和土黄纤维碰在一起。他如同发现了新大陆一般，冷淡的语气变得兴趣盎然："哈，每一帧都没失真！我记得一千觞以前，叶子逆时针旋转的时候，边缘会因短时脉冲波干扰而融化。现在图像能优化到这样……果然功夫不负有心人！"

K1289888挑起了左边眉毛，原本打算掩藏起的怀疑和轻蔑，这下彻底暴露出来："别再装蒜了，你有大擦除的名单，对吧？"

"你是今天第209个问我这个问题的人了。为什么都来问我呢？问我又能有什么用呢？"S912终于不再埋首于地上的落叶，他抬头望着K1289888，眼里满是困惑。

"因为只有确定自己不会被擦除的人，这会儿才能有心情爬山捡树叶玩吧？"

"就因为这个？还真是高看我了。哎呀……我只是一个痴迷于大自然的老人家而已。"

S912笑着摇了摇头，起身继续往山上走，而K1289888不近不远地跟着。朝阳在远处露出了一个头，雪线之上的山顶成了暖暖的浅粉红。林荫投射在两张年龄相仿的脸上，一个看起来没有那么老的老人和一个看起来没有那么年幼的孩子，并肩在山腰间的绿洲里默默行走。

由远到近，从两个黑点变成两张看起来整齐匀称的脸。他们都不算英俊，但又说不出相貌有什么缺点，过目即忘，仿佛五官跟他们的名字一样，只是一个为了用来区分彼此的随机组合。

几乎所有兰亭世界的居民都无氧登顶过喜马拉雅山，但这并不代表他们个个身强体壮。兰亭世界是人类意识数字化后的储存容器，在这里人可以不受物理定律的束缚，瞬间飞跃40光年外，触摸大角星的橙色焰芒；也可以缩到微观尽头，无视电磁力，在两颗原子之间来回穿梭。

所以，在 K1289888 看来，此刻 S912 爬山的方式是极其诡异的。他太慢了——用一倍速攀爬，这是物质世界才会有的运行速度，也是桎梏着他们远古祖先肉身的速度。低速运行是罕见的，系统必须无压缩无损耗展现出地图里每一帧的细节，对兰亭世界来说是很耗费算力的。幸亏几乎没人这么做，不然系统早就因为内存不足而崩溃。

　　"走那么慢，特别不适应吧？让我猜……你一定是个急性子，平常起码是用三万倍速在生活吧？"S912 说。

　　"今天我开到了五万倍。"

　　S912 怔了一下："五万倍？那么快的数据流你接收得过来？"

　　"我把自己的数据备份了五份，除了这一个在陪你用一倍速爬山外，其他四个都在用五万倍速运行。"

　　S912 又是微微惊讶："五个备份？这算违规操作了吧？那……另外的四个你都在哪儿？"

　　"一个在中世纪的热那亚，一个飘浮在平流层，一个贴着天鹅座黑洞的史瓦西半径环行，还有一个在幻想机械世界 S1。"他说道，"哦，不，刚刚从机械世界到了蒸汽世界

S8。"

"冒那么大的风险，你肯定不是为了环游世界吧？"

"我得寻找活下去的方式，如果今天是末日，那以后也罚不到我什么了。"K1289888 的声音变得咄咄逼人。

这时天色突然暗了下来，四周的虫鸣和鸟叫在刹那间销声匿迹，风在皮肤上拂过的轻柔感觉消失了，上方的云层停止了涌动，从洁白变成浓厚的深灰。这种机械的、非自然的骤变并不常见，意味着从中枢服务器传达来重要的跨服通知。

果然，暗下来的天空变成一块环形幕布，穹顶上投射出乳白色的字：

"亲爱的兰亭居民，抱歉地通知大家，为了满足外部世界供能需求，兰亭世界不得不大幅度缩减算力。大擦除定于今夜进行。届时，大部分服务器将进入休眠状态，95%的非液态数据和人口将在休眠中被抹除。在大擦除正式开始前，系统将公平地甄选幸存者——所有能够在落日之前达成'真实'成就的居民，将获得生存资格。祝你们好运。"

S912 和 K1289888 知道，就在他们仰头看天的此时此刻，这段文字被送达到了兰亭世界的不同服务器里。无论是海底地图、都市地图、微观地图还是星际地图，都在同一时间暗了下来，遍布在几百万张地图的几兆人类几乎同时停下了手里的活，抬起头，开始思考一个一秒之前还从未存在的问题——"真实"到底是什么意思？

　　"'真实'成就……"K1289888 喃喃道，"你听说过么？"

　　"没有。"S912 摇摇头，空中的文字淡出，天又渐渐变亮，一阵风带来了属于高山草地特有的凛冽气息。太阳已经从峰峦参差的天际线中完全显露出来。从现在到日落，还有 13 个小时 36 分钟，这也将是兰亭世界有史以来最戏剧化的 13 个小时 36 分钟。

　　"算了……管它是什么呢，如果说找到'真实'就能够活下来……那我也只能试试了。"K1289888 拉起衣领，叹了一口气，声音出现了半秒钟的虚化，他好像是更加疲惫了。

　　"你又做了备份？"

　　"对，刚才我又做了五个，现在正将他们传送到不同的地图里。这样能够提高一点概率。"

"真那么想留在这个世界里？"

"你不想吗？"

"我无所谓，我活明白了。"S912没头没脑地来了一句，"你可知道，我们这里的一天，换算成外部物质世界的时间，其实不到一秒？我们的生命原本就只有一瞬……擦不擦除又有什么所谓呢？也罢……五万倍速，开着十个分身的你，又能感受到些什么呢？那几个分身感受到的世界，现在应该都糊成马赛克了吧？"

"画面边缘的像素是有点模糊，但那些细节其实看不看也无所谓。"K1289888心不在焉地说道。

S912叹了一口气："在意识数字化之前，我们的祖辈每天都在与周遭环境抗争，对物质世界的感应和反馈至关重要，可以说，对细节的感受支撑着人类进化。不论是寒冷的空气、高山植被的景色，还是脚底的触感……在这样的海拔上剧烈运动，我们的祖先应该还能感觉到眩晕和脱水。"

"眩晕和脱水？就是很难受的意思，对吧？"

"应该是的。非常可惜，为了节约算力去容纳更多人类，服务器把所有被判定为'消极'的感受都去掉了。所以我也不确定这两种感受具体意味着什么。"

"但消极的感觉又有什么好？"K1289888一脸困惑地问，仿佛在等待一个显而易见的答案。

"等你活到我这个年龄，就会明白一个道理：相比于物质世界里的祖先，我们的生命是残缺的。"

"他们为了填饱自己的肚子奔波，为了社会地位残杀，我们从来不用担心这些，只要脱离了物质存在，就没有紧缺的痛苦，没有斗争，没有饥饿，没有束缚……兰亭世界之所以伟大，不就是因为脱离了物质而存在吗？"

S912摇摇头："从来没有生过病，就不会体会到健康身体有多好；没有感受过饥饿，也不会知道食物有多好；系统甚至把'呼吸'的感受判定为无意义，我们连呼吸都没体会过，能够感受到'活着'的美好吗？"

K1289888脑海里的许多意象都与"美好"这个词绑定：夏天的微风、园子里的花木、姑娘的发梢、下雪天的暖炉。但它们丝毫激不起他心里的波澜，闭上眼睛，这些词汇如同一队僵硬的锡兵，排列整齐，面无表情。

他狠狠甩了甩头，把锡兵们赶出意识。眼下有更重要的事情，他没有时间思考这种哲学问题。

"抱歉S912，可能我们要分别了。我的时间紧迫，得达成'真实'成就——"

"世界上没有完全相同的两片树叶。"S912冷不丁说道。

"嗯？这是莱布尼茨说的，但是现在不是背名人名言的时候，我劝你也——"

"名人名言可不能全信，喏，你看，这两片就是一模一样的。"S912起身向他递过手中的树叶。

K1289888瞥了一眼两片树叶。一片是长条形锯齿边缘的栎树树叶，另外一片是鸭掌状的枫叶，颜色差别也很大。

"这两片树叶完全不同。栎树树叶刚刚落下，是水红色的，而这片枫叶都已经枯得卷起来了。"

"那是表象，你细看它们的纹路。"

K1289888看着S912的眼睛，见他丝毫没有开玩笑的意思，便低头去细细端详。那两片叶子有着一样的叶脉！从叶柄到最细小的网状脉络，哪怕是锯齿状的边缘也如出一辙。

"为什么会这样……怎么会那么巧？"

S912随手从齐腰高的灌丛中摘了一片绿色的忍冬叶，又递了过去："只是过去没注意罢了，谁会真正低下头来观察叶子呢？你看这片呢？"

K1289888接过那片狭长细小的忍冬叶，虽然四季常青的树种没有因季节变化而枯黄，但叶脉就连最细微的分叉点也丝毫不差，就是枫叶叶脉的微缩变形的翻版！于是他蹲下去，捡起了地上的每一片叶子细细比对，同样的叶脉一次又一次地出现。

K1289888抬起头，却没有得到S912的回应，他又迅速弯下身去捡起一片片叶子，一片，两片……

在扔下第七片叶子之后，他放弃了。

S912缓缓开口："活了那么多年，我每天一路爬山一路捡树叶，就为了找到两片不一样的叶子。可是……为了减少运算量和数据储存量，每一片叶子都是一样的。所以，你明白了吗？我们的世界是偷工减料的世界，这样的世界里怎么会有'真实'？"

"叶子脉络都一样，那又怎样呢？"K1289888站起身来整理了一下衣摆，掸去冲锋衣上的泥灰，似乎想把自己从刚才的震惊中拉出来，专注更加重要的事。

"不仅是叶脉，结晶的形状、岩石的颗粒，甚至是海浪的纹路和风的声音，它们都是一样的。"S912凝视眼前的年轻人。

"我不是你，我还想活下去，我不想把最后的13个小时浪费在观察花花草草上。我还要达成'真实'成就，保重了，S912。"

说完，K1289888消失在雪地上。

S912看了看那个年轻人曾经站着的地方，那一片雪地没有留下任何脚印，他耸耸肩，又缓缓迈开步子。

海光（一）

"海光领航员，务必记住，我们只有一个白天的时间，准确地说，是13个小时36分钟。"

"真的不能缓一缓？"登陆舱里的男人被仪器和操作台

包围，此时脸上的表情是近乎哀求的，"几百年前祖先们删除了地球的坐标，这次'捕手号'能误打误撞再找到地球，实在是走大运了，就不能再多争取一点时间？"

"不能。"通信器那边传来的女声很坚定，"13 小时 36 分，不对，是 13 小时 35 分以后，星梭会分裂出引子，吸附在'捕手号'上为我们加速，在离开地球同步轨道之前，你就得回来。"她顿了一下，压低了声音，似乎在给听者一个警告，"如果错过这个时间，星梭下一次巡弋到当前位置就是 300 多年之后了。如果你想一辈子待在地球上，就随便你好了。"

海光撇撇嘴，放弃了抵抗："好好！我知道了……哎，第一批用星梭来航行的就是麻烦，那帮能量委员会的专家，总在想怎么样让我们走得更远，却不研究该如何让我们随心所欲地回去……"

"不要质疑能量委员会。多亏他们研制出黑洞引擎，又造出利用黑洞引擎运行的星梭，我们才能以接近光速飞行。"

"哎？抱怨一下都不行么……从小我们只在故事里读到

地球，这次能回到人类起源的地方，其实我还是很激动的嘛。"海光笑起来露出了八颗上牙，很肆无忌惮的样子，影像透视畸变后出现在屏幕上，从轨道舱里的岚婷的角度看，有一点痞气。

"咦？岚婷，你怎么看起来不开心啊？"

"没有不开心，我也很激动。"可她的表情怎么看也不是激动的样子。

她当然不可能开心，虽然轨道舱和登陆舱只有一门之隔，但几十分钟后便会相隔出三万多千米，其中一个落在地球上的某一点，另一个留在干净寒冷的真空中，悬停在那一点的上方。

"喂，你不会嫉妒了吧？……谁会知道小船有一天能找到传说中的秘宝呢？早知道要登陆地球，能量委员会肯定派最先进的星舰来了，那登陆舱就不会只有一个座儿了……"海光戏谑道。

"没有嫉妒，分工不同而已。"但是她翻的白眼伴随信号传到了登陆舱，无论是图像还是情绪都没有丝毫失真。

"以为做鬼脸我看不到么？你前平后板脾气又差，如果再把脸蛋弄歪了，谁会娶你？"

"海光领航员！论职级你还比我低，工作时不要在频道里开领导玩笑。"女人的脸憋得微微泛红，海光不由觉得十分有趣。

"我说……你还真是一点儿也没变呐，上学的时候就这样。两舱分离准备完毕！"随着登陆舱与轨道舱的分离，他们俩手头的工作多了起来，但双方似乎都没有嘴上休战的意思。

"收到。系好安全带，身体贴合座椅，以应对着陆时的冲击力！……什么叫作'一点儿没变'？！你倒说说我上学时候是怎么样的？"

"安全带已系好，撞击防护设备检查完毕！仪表盘显示登陆舱、轨道舱分离顺利进行中。上学的时候啊……你一点女人味也没有！体能课非要跟着男生选修定向越野。体能不如男生，明明心里难过得要死，还非要逞强。"海光说着，嘴角露出一丝不易察觉的微笑，"最后伤痕累累地爬回营地，浑身是泥，晕死在营地门前五百米，简直像屎壳郎一样又臭又硬啊……两舱分离结束！"

"收到。 两舱分离复位进行中。 请再次检查安全防护设备……亏你还记得！那次定向越野至少我还回营地了，不像某些人！我听说截止时间后的第二天他还在四十公里外，都快跑到母舰舱体边缘了，最后全舰排查才给找回来……"

他们的争执似乎完全不影响手上的操作，默契得行云流水。 两舱渐行渐远，争吵的声音被转化为信号，在地外空间中飘荡。

"还好登陆舱只有一个人的位子，不然地球人会以为漂流文明的女人都和你一样凶悍……安全防护设备检查完毕！"

"当初领任务的时候，是你非要跟我一组的吧？如果现在真那么大意见，就在地球上待着别回来了！仪表盘显示，荷载 1.5 个 G。"

"收到，现在能感受到荷载了……行啊！我就在那儿定居，娶几个妻子再生一堆孩子，过国王一样的生活。"

"凭什么你能过国王一样的生活？"岚婷狐疑地眯眼。

"童话不都是这样写的吗？外邦的英俊小伙子通过重重

试炼，杀一头猎豹或者一头大象什么的，然后成为新一任首领……接管原来坏首领的家族……再，再娶几个最漂亮的女人，然后……"

岚婷听见他开始大口大口地喘气，就瞥了一眼仪表盘，登陆舱的荷载已经超过了4个G，这意味着此时海光全身器官正承受着自重四倍重力的加速度，她迅速在周遭几个屏幕上检查海光身体的各项数值，嘴巴依然没有停下来："还想娶几个漂亮女人？哼，童话？你的童话都是在色情小说上看的吗？"

但她没等到海光的驳斥，频道里的人声安静了下去，取而代之的是嘈杂的声音——登陆舱进入黑障了。

通信中断。

登陆舱飞入大气层，气体高速摩擦使得舱体表面出现一个几千摄氏度高温层，气体和登陆舱表面材质被部分电离，等离子吸收并且反射电磁波，登陆舱就像进入了刀鞘一般，与外界的通信基本中断。

心跳140，血压180/120，屏幕上海光的身体指标正随时间逐渐逼近临界值。几个数值也成为岚婷和海光之间唯一的连接，眼前浮现他被超重的痛苦压抑到说不出话的表情，岚婷觉得错过欣赏这场景无疑是暴殄天物。

其实令她耿耿于怀的，并不是吵架时自己总不占上风，而是更糟糕的原因——在这次任务中，她彻底沦为了配角。

从学生时代起，岚婷就一直和海光争高下。无论是航行理论、航天器操作，还是星际定位学，甚至连男生才需要修的定向越野，她都不甘落后。最后，他俩毕业成绩并列联合航天大学第一，同时作为联大空间航行系的毕业生代表在毕业典礼上致辞。但天意难料，在毕业三个月后，他们又以差不多的分数通过考核，成为第一批利用黑洞引擎远行的人。

黑洞引擎是漂流文明对能量利用的又一次尝试。

黑洞有霍金辐射，尤其是小型黑洞，会源源不断地向外辐射能量并损失质量。利用人工微型黑洞的霍金辐射作为能量源，可以将飞行器速度增加到接近光速，同时，沿途的任何物质都可以丢进黑洞里用于补充燃料。

这看似十分理想，但黑洞引擎也有个缺点——它无法制动，一旦进入近光速运行模式，以漂流文明目前的技术水平几乎无法让它停下。作为弥补手段，能量委员会只好设计了永动的星梭，让星梭永远以近光速在轨道上飞驰，在目的地附近用"引子"为搭载在星梭上的航天器加速、减速。

以接近光速飞行，时空将被极大地扭曲，岚婷和海光从入选的那一刻起，就注定与漂流文明的生活隔绝，进入完全不同的时间线……

"笨蛋，怎么没声音了？你还在吗？"

耳机里的男声再次响起，很虚弱，带着长时间超重后特有的沙哑嗓音。但岚婷从体征数值和他的语气里能够感觉到，这个训练有素的宇航员正快速恢复着体能。

黑障结束，他快要落地了。

西奥多（二）

沿山洞里的这条路一直走下去，就能到神谕之地，看样子，父亲已经走过很多次了。跛腿丝毫不影响前进速度，动物脂肪燃烧的噼啪声在封闭的空间中很刺耳，焦油和黑色烟尘飘进眼睛里，西奥多忍不住咳嗽了两声。

"我猜猜，这个时候你肯定在想，为什么我们要放弃科技，没有保留电灯呢？"

"不，其实我在想，为什么我没有一个打火把时知道照顾儿子，让他不至于被呛死的父亲呢？"

"是啊……为什么你没有呢？"父亲笑道，"为什么我们都得不到自己想要的呢？为什么我就没有一个靠谱又省心，愿意老老实实给我侍奉闪烁之神的儿子呢？"

西奥多看了看走在旁边的威廉，他年龄太小，只能吃力地跟上成年人的步伐，不一会儿就发出了沉重的呼吸声。前方依旧是幽暗一片的钟乳石过道，路却越来越狭窄了，他们需要侧身或蹲伏才能从潮湿的碳酸钙石林中穿过。

"还有多久才到？威廉的体力快到极限了。"

"还远。他自己要求跟来的，就忍着点。人要为自己做出的决定负责，这是最基本的道理。"父亲根本没有回头看他的幼子，这番话却让威廉的脚步加快了一些，呼吸声更重了。

"我以为这么多年过去了，你教育儿子的水平能稍微提高一些，至少不会像现在这样惨不忍睹。"西奥多说。

"我把你教育得不好么？"

"至少没有好到让你省心的地步，也没好到愿意老老实实给你侍奉闪烁之神的地步。"

"嗯……这确实是一个严重的问题。我下一次会注意的，下一个儿子，如果他忤逆我，我就会加倍严厉地惩罚他，好让他尊重传统，像我一样态度端正地服侍闪烁之神。"

"你——你是开玩笑的，对吧？你知道自己老了，不会有下一个儿子了。"

父亲停下，似乎听到了最好笑的段子："哈哈哈……你太小看老头子了！等你乖乖接了班，我就要离开好望角，离开这个部落，我要往北走，或许更加接近沙漠，也可能往南走，靠近海边，那里风光更好。找到好地方了，我要挑战一个当地部落，战胜他们的御火人，然后迎娶族群里最漂亮的女人们，繁育后代，建立我的家族。过不了几年，你就会有一群年幼的弟弟在远方降生，你得告诫你的女儿们，同样的姓氏万不可通婚……"

父亲的高谈阔论充斥在洞穴的过道中。

西奥多熟悉父亲的声音。

记忆是个奇怪的东西，每一种声音都会和特定的碎片捆绑，尘封已久的片段就像前路的钟乳石，层层叠叠散在地表，又在时间和地点的维度上坍缩到一个具体的坐标。

——星夜下的野兔林。

那时候的西奥多比威廉还小，白天成年男人们都去打猎，他就在野兔林里玩。他在树林的最边缘找到了一根奇怪的铁杆子，杆子顶端有一个晶莹剔透的小球。西奥多耗尽全身力气，想从倒伏的铁杆上摘取小球。而要弄断小球后面连着的细线，对一个赤手空拳的孩子来说并非易事，这耗费了他大量时间。

天就这样莫名其妙地擦黑了，斑鬣狗嗤笑一样的嚎叫声从四周传来，这令西奥多感到害怕。

隐约的绿色光芒，似乎每一双都是狼的眼睛，他开始奔跑，风从身上狠狠掠过，把指尖最后的一点温度也带走。野地的黑暗像致密的液体，他无法摆脱这个无光的暗场，四处逃窜，却在更无边无际的虚无中再度迷失，他觉得自己要死了。

那个时候西奥多听到了父亲的声音。

那个声音似乎永远有使不完的劲儿，似乎遇到再大的事情，父亲只需要喝一些发酵的浆果酒，再睡一觉，太阳出来，什么都会好起来。

那个声音带着火把橘红色的亮光包裹了他，那个声音粗暴地将他托起，那个声音把他带回家，又边咒骂边狠揍了他一顿，却为装睡的他轻轻盖上了被子，最后在他的额头落下一个吻。

其实，连西奥多自己也记不清了，那个胡子拉碴的吻可能是假的，是自己睡着之后出现的幻象。

他希望那是幻象。

"这，就是闪烁之神留下的神迹。"

同一个爽朗浑厚的声音，衰老了二十年的版本，它将西奥多拖拽回现实。

绕过巨大粗糙的灰色石幔，岩洞深处豁然开朗，不规律频闪的红色光芒映照在父子三人的身上。西奥多有猎人的眼睛，他本能地追寻红光的源头，一个数十米长宽的岩体内室里整齐摆满了一排排架子，架子上尽是相同大小的黑色匣子，每个匣子上都有一颗麦粒大小的发光点。

每个发光点各自以不同的频率闪烁、熄灭，共同把晦暗模糊的红光投射到岩庭中。和火把温暖的橘红色光芒不同，黑匣子上的红光在自然界中罕见，是一种冰冷而机械的纯红。绝对的黑暗里，无数个细小的红色光源就像一双双啮齿动物的眼睛，它们每一只都能看见西奥多，但西奥多却无法确定其中任何一只的方位。

他跨过一圈围栏，径直走向垒放黑盒的架子。

"这是……电线？！"西奥多愣在架子前。他注意到每一个黑匣子背后都拖着一条细线，所有细线在岩壁底部汇聚成一股黑色绳索，穿透岩体，通向外部。这和他在欧亚大陆的城市废墟里见到的电线很像，只不过后者通常残破不堪。

"这就是神迹！围猎、搬迁、寻找水源、战斗，任何重大事件发生之前，御火人都会来这里请示闪烁之神，闪烁之神会通过它们传达神谕，告诉我们该如何做出决定，为我们指明方向。"父亲解释道。

西奥多显然没有接受这一套说辞，自言自语道："不可能，这是电。盒子上的红光我游历时见过，是发光二极管！现在即使是在欧亚大陆曾经的大都会，科技都退化到了铁器时代之前，造出简单机械已是勉强……怎么还会有这些？怎么会有这么多？"

"我说了，闪烁之神在342年前留下了这些神迹……"

"你还当我是听故事的小孩子吗？"

"在神面前，我们都是孩子。"父亲无可奈何地摇了摇头，他沉默了一会儿，任由闪烁的红光和火苗的噼啪声填充他们之间的尴尬，"或许，现在你可以问问闪烁之神，今天该如何履行你的职责。"

"什么意思？"

"御火人提出问题，神会给一个指示。长闪代表肯定，短闪代表否定。这是人类和闪烁之神独有的交流方式，从这儿到欧亚大陆的所有御火人，都世代传承着这个秘密。"

说罢，父亲矮了半截下去，他单膝跪在一块光滑的石头上，用低沉的声音喃喃念祷："闪烁之神，预言之舟再次降临时，我将不再是你的仆人，请赐福予新的御火人，赐福予草原和草原上的人类，让新的御火人顺利前往光之域点燃圣火，照亮预言之舟回来的路。"

他身旁的威廉也跪了下去，一同开始念祷。其实西奥多也不能分辨清楚，小威廉的虔诚是来自信仰，还是来自对父亲的畏惧。

西奥多有一瞬间的恍神，似乎看见了自己小时候的影子。那一次他在野兔林里拼了命捡到的"水晶球"，被赶来的父亲说成是神在世间留下的神迹，他被掴了两巴掌不说，还只能一语不发地看着父亲夺走自己的宝贝。

那个时候怎么会那样怕老头子呢？

"为什么要铺垫那么多？不能直接问问题么？"西奥多不耐烦道。

父亲没搭理他，继续颂祷。

西奥多翻了个白眼，不情愿地学着父亲的样子跪下，用清晰的声音向一片闪烁的红点提问道："闪烁之神，如果你真的存在，请显灵吱一声。今天傍晚在光之域，我点得燃圣火还是点不燃圣火？"

回音在山洞中瓮声瓮气地响了好一会儿，就在他想放弃等待的时候，千百个黑匣子上的红点突然齐齐熄灭，鲜红色的亮光骤然消失，黑暗中只剩火把，将他们的影子投射在凹凸不平的岩壁上。

令人窒息的黑暗在三秒后结束，那些红点再度亮起——只不过这一次不再是杂乱无章的频闪，成百上千个红点整齐划一地开始了有规律的闪烁。

和想象中的不一样，不是长的闪烁，也不是短的闪烁——它竟然接连不断地闪烁个没完。

"记下！"父亲吼道。

西奥多马上反应过来，蹲下用小刀在地面刻出长短不一的划痕。长条代表持续一秒以上的长闪烁，点代表半秒以内的短暂闪烁。

大约三分钟后，这种整齐划一的集体闪烁又消失了，所有光源恢复了之前无规律频闪的状态。

"不应该只闪一下吗？我刚刚问的不是一个选择疑问句吗？"西奥多问道。

"唔，确实少见。神谕一般都是闪一下就完了，偶尔遇到过给一个单词的。"

"神谕怎么给出单词？"

"你说你周游世界，那你知道什么是摩尔斯代码吗？"

"无线电通信时代，人类最早传送信息的方式。我在海上见过，少量保留通信设施的船只还在用……"西奥多马上意识到了什么，低下头端详地上长短不一的划痕，嘴里念念有词，过了一会儿拼出一句话——

"Through howling winds and fringing rains, to be by your side..."他愣了一会儿旋即抱怨起来，"这算什么啊？歌词么？我要的答案呢？到底点不点得着啊？"

父亲缓缓站起，瘸了的那条腿无法完全站直，他揉了揉膝盖，试图调整到一个舒服的姿势。

"to be by your side... 也许这就是闪烁之神的启迪吧，神谕牢记心里，正确的时候它自然会为我们指明方向。还有，今天傍晚的点火仪式，我和你一起去。"

"什么？！你不是都卸任了吗？"西奥多惊得跳起来。

"你认识路吗？"

"……"

"落日之前要赶到光之域，我们抓紧时间。"

西奥多只好撇撇嘴，跟上父亲的脚步，沿原路返回走出了洞穴。父子两人又收拾好简易行囊，背着太阳朝南开始行走。如果一切顺利，几个小时后就能穿过稀树草原，到达目的地的海边。

"哥哥！你的十字弓还在我这儿！"威廉站在土丘上挥动手里的小灵蛇手弩，对着一老一少的背影大喊，正午的太阳让他们的背影干净利落，影子很短，丝毫不拖泥带水。

"你留着练练吧，反正这次我也用不着。"

西奥多对小威廉说道，他并没有回头。

S912（二）

以杜鹃、山胡椒为主的灌木丛逐渐减少，取而代之的是高山苔原。S912感觉到今天地图加载得异常缓慢，如果放在以往，他会觉得这是件好事。

每走一次这条路，沿途的一花一木就会被更深刻印入脑海，几千年下来，即使S912闭上眼睛，也可以在脑海中勾勒出野草摇摆的形状。

这是一个数据和算法主导的虚拟世界，兰亭服务器检测到S912对这张地图越来越熟悉，为了让画面前后一致，从而维持兰亭世界的客观性和合理性，它不得不消减地图里随机生成的部分，复刻S912之前记下的细节。

　　比如S912记得路边的每一块石头，它们是沉积岩还是火成岩，是否有片麻状构造。服务器就不得不记录下它们的位置和朝向，每次还要花费大量算力呈现出石头的细枝末节。

　　正因如此，这张地图加载的速度变得异常缓慢，S912企图用自己的数据库，吞噬和占据兰亭世界的一部分算力。他有个大胆的猜测：如果自己重复这样的路程无数次，记清楚了所有细节，是不是地图的打开时间就会趋近于无限？那么他就会失去退出这片雪山草原的方法，永远被困在地图加载的那一个瞬间里？

　　无法完全打开，又无法退出……听起来让他兴趣盎然，因为这像极了祖先们生存的物质世界。

　　可惜他没有办法去验证这个思想实验了，因为今天是大擦除前的最后一天。

过了雪线之后，路变得难走了许多，阳光照在奶油蛋糕一样的细雪上。横亘在S912和顶峰之间的，是雪檐和冰堆，还有一条条冰雪沟壑深处的幽蓝色梦魇。

"看来要找些工具来帮忙了。"这么说着，他的手上出现了登山杖和一把冰镐。"要不要多加点衣服呢？"一件鲜红的加绒软壳冲锋衣罩在了身上。

松软的雪触及登山靴的底掌，发出咯吱咯吱的响声，他感受到自己湿热的呼吸濡湿了防寒服的高领，风吹了一会儿，领子变得坚硬冰冷。他的手因为肢体末端血液循环不畅渐渐变得僵硬。于是他干脆停下来，隔着手套使劲儿搓了搓手。

就在这时他定住了，一只山鹰从视野的尽头掠过天空，就在蓝天和雪顶交接的地方盘旋着。因为好奇心的缘故，他摘下了自己的雪镜，刺眼的白光让他一时无所适从。

是的，今天是特殊的一天，所有感觉都格外清晰……

他第一次体会雪盲、寒冷、缺氧……和高山特有的凛冽气息。

"多活几年，多在这地图走几趟，说不定就能活明白了！"S912 在 K1289888 面前装作不在意，其实内心还是惋惜的，四下无人，他只能自言自语，"为什么偏偏这一天回来呢？回来就回来，为什么要把全部的能源供给照明系统？当初他活着的时候又是装神弄鬼，又是大建工程。现在死那么久了，还要停了兰亭世界的电，大擦除会死多少人啊……我该说这是浪漫还是胡闹呢？大争论中选了'能量'的人都是疯子！"

长着一张少年脸庞的 S912，像所有长者一样，虽抱怨着，却没停下脚步。

但他还是把雪山想得太简单了。在两块冰川的连接处，S912 驻足眺望了一会儿，似乎绕着缝隙走有点太远了。于是，他决定冒一次险，跳过冰裂缝。反复确认边缘是否坚实后，他闭上眼纵身一跃。

随着他落脚的那一瞬冲击，冰川还是发生了崩裂，破碎成了雪白寒冷的一大片，随着重力的牵引，跟他一起掉进冰缝隙。

S912 消失在高山雪原之中，曾经驻足的地方留下一串深浅不一的脚印。

海光（二）

"智能生命探测器找到人类聚居的城市了，还不止一座。"岚婷在轨道舱内说道。制动结束后，登陆舱启动了探索模式，并回传数据，利用轨道舱内的设备进行辅助运算。轨道舱和登陆舱，就如同大脑和手脚，只不过中间隔了荒芜的三万六千米。

"有多少座？带我去最近的！"登陆舱屏幕投射出外部的景象，海洋和波涛从脚下迅速掠过，海光从未见过这般景象，语气中有压抑不住的兴奋。

"具体数字还没统计，估计在三百座以上，分布在各个大陆的河流入海口。"

"啊……果然！古时候，贸易让人类聚居在海陆交汇的地方，那么多年过去了也没变！"

但当海光随着岚婷指引，将登陆舱驾驶到河流入海口，却没有看见想象中的摩天建筑。事实上，他甚至很难把这片插满柱子的滩涂和"城市"一词联系到一起。

柱子密密麻麻立在海边，每一根都有三四米高。太阳还未升起，在黯淡的光线里，像一大片惨白的罗马柱残垣。退潮后留下的藤壶如同坚硬的甲壳，覆盖着柱子的下半部分。海光放低高度，小心翼翼从罗马柱林里穿过。

"这得有上万根柱子？"

"从我这里看，少说有几十万根。"岚婷处于同步轨道，在高空能够看到全景，她将屏幕放大，系统识别图像后给了她一个七位数，"哦，不，一共一百多万根。巧了，这座'城市'应该也是百万人口级别的……"

"岚婷……我忽然有一种不好的预感。"

"我习惯了，每次跟你一起出来总没好事。"

"别抢我台词，这句话也是我想对你说的！"

岚婷面前的屏幕上出现了一个异常的光点："等等……这里好像还有个能量密集区，似乎是一座……大型核电厂？！"

"欸？早在我们祖先离开地球之前，家用可控聚变能源不就取代了大型核电厂吗？是废弃的遗址吧？我们得去看看。"

靠近核电站之后，他们意识到海光推断得没错，它怎么看也不像正常运作的样子。或许当年是为了取得更多的冷却水，发电站就被建在了海边，常年的海风侵蚀让建筑面的外层脱落成斑驳一片，杂草从门框和砖缝里挤出来，改变了平面桁架原本的形状。

"进行建筑结构力学分析，受损度29%，轻度坍塌威胁。"岚婷犹豫了一下，"建筑物会阻挡同步舱视线，我就看不见你了。进去之后自己小心，记得留意时间！"

海光点头。

太阳渐渐出来，给了这幢建筑一点光辉，他探索着走进室内，发现建筑物半坍塌的门厅里，竟然有几个人影在一片瓦砾中闪动。

海光选择蹲伏在一扇虚掩的门后，人影处有对话声传来。这样的隐蔽方式让他一时竟开起了小差：是不是在数千年之前，他们的祖先在地球上狩猎，也会选择藏在掩体之后？就像他现在一样，听着远处传来窸窸窣窣的声响，猜测那是一只豹子还是羚羊。

"头儿，咱们这样做……真能阻止缸人吗？"

"没问题，现在他们的中枢电脑正进行系统升级。笨办法只要坚持反而更牢靠，五百年过去了，那些会跑的铁盒子都被我们毁了，他们的机器人帮手也一百年没再出现过。缸人现在退化成了残废……机器只要被我们毁了，就没有人能修理维护。所以你猜，时间到底站在谁那边？"

海光循着声音，看见了几个衣衫褴褛的身影在地上捣鼓。

"但是头儿，我们和缸人对峙了几百年，现在要是把这最后一个可以供能的核电站炸了，他们不会真急眼了，把电脑控制的病毒库打开吧？"

"你傻啊！对峙能平衡那么多年，也不仔细想想为什么？他们不敢放毒！缸人自己也会被感染……相反，如果我们放任不管，等到这座核电站彻底被修复的那一天，他们有了足够的电能完成意识上传，缸人就真无所畏惧了！那个时候……你，你，还有你，包括我，我们都得死！"

海光眯起眼睛想看清楚那几个人，从肢体语言看出来，头儿越说越激动。海光连续按压了颈边的通信器三次，这个动作是和岚婷约定好了的，代表他虽然短时间内无法通信，但暂时安全，让她保持待命不必担心。

然后他又饶有趣味地听下去。

"但是，头儿，据说大争论之后的战争里，核弹能摧毁一个城市。等会儿这核电站要是爆炸了，我们能逃掉吗？"

"这问题够蠢……你现在真一点书也不看啊？"头儿在四五个人中间显得趾高气扬，"虽然核弹和核电站里都有铀或者钚，但含量差太多了，前者90%以上，后者只有3%。我们要做的只是炸毁水循环系统的主泵，这样，冷却水就不能带走核岛产生的热量了。"

"为了不被缸人的中枢电脑入侵，所有大陆都颁布了电子禁令，我们这种平民出身的，哪有机会获得知识啊？不过……我们有头儿就行了，知识渊博，又愿意给我们讲。你说炸了水泵之后，核燃料的热量就不会被带走，那然后呢？"

"马屁拍得倒是勤快！核燃料跟我们平时烧的东西都不一样，炭和柴越烧越弱，而核燃料越烧越烈，如果热量不被带走，链式反应就会失控，堆芯裸露在空气中，最后被烧成熔融状态。那样的话……"

手下似乎想通了一个很复杂的问题，一脸兴奋道："那样的话……核电站就不能用了，缸人没有充足电能完成意识上传……"他皱眉想了好一会儿该用什么词语，"数字文明也就完蛋了！他们将是一群永远泡在缸子里的废物，任我们摆布！"

海光尽量压低自己的呼吸声，细细观察着眼前的一幕。

尽管根据仅有的信息，他无法弄清"缸人"究竟是谁，但面前这群原始人装扮的家伙，显然是为了一个巨大"阴谋"而来。可他们的装备又显得那么寒酸。防身的工具是插在腰间的铁镰和手中一些生锈的铁戟。衣服已看不清颜色，布料皱巴巴地被污渍粘上身，一群人聚在一起还不如中世纪的农奴。而这幅画面中唯一超越铁器时代的存在，就是他们手中正在捣鼓的炸弹。灰色的结实弹体，是水泥拌铁块钢筋凝固成的，雷管横出一截，就像一只蛀虫从水果里探出身子。

这种简陋的氯酸盐炸弹，大约也是大争论之前久远时代的产物了。海光感到不解，从登陆到现在，他目之所及，除了那些无法解释的石柱外，一切都远比祖先离开地球时落后，难道这些年间发生了不可抗拒的灾害，让人类文明出现了倒退？

"欸？你怎么哭了？"

"头儿，抱歉。我太激动了。我的弟弟，当初就是被黑云电脑诱惑，说什么可以通过算法预测人一生的命运，保证我和他永远衣食无忧。于是他加入了倒戈的部落，最后……"

"别哭！炸毁他们的能源之后，迟早有一天，我们还得毁了那台计算机！"

"对！为你弟弟和许多有一样经历的苦命孩子报仇，我们要杀光所有异类！"

"彻底把数字文明逐出人类世界！"

残破的内室充斥着刺耳的讨论声，没人注意到虚掩的门后，黑森森的发射装置伸出，准星对上了一颗头颅。

海光拿着武器从门后走出来："虽然……我也不知道你们跟缸人有什么仇，但你们的计划，怎么听都觉得要死好多人。"

"农奴"应声回头，虽然他们和海光隔着巨大技术鸿沟，但自从人类有了战争这个概念之后，所有武器都惊人地相似，也惊人地容易辨认——出现在敌人手中，最具杀伤力的锋芒正对着自己。面对海光，他们很快意识到了自己的处境，提起了警觉。

"你是谁？"

"我只是个路过的回乡旅人，但实在看不下去了……你们抛弃知识、文化和科技，还想把别人的一点技术成果毁了，怎么听着都有点……"

可还未等海光的这句话落下，他就感到喉间传来的冰冷金属触感。

"怎么听着都有点可悲？"一个低沉的男声接上他的话，"你说我们抛弃了知识文化？那么我问问你啊回乡旅人，有一句充满知识文化的成语——螳螂捕蝉，黄雀在后，用来形容此刻的状况是不是还挺恰当？"

海光呼吸一滞，没想到这群原始人还有同伙，大约这个男人早发现了自己躲藏的踪迹，只是暗中观察自己的动向，从他挟持自己驾轻就熟的程度来看，绝对是个难缠的对手。

尽管拥有强出百倍的武器，但近脖颈间的生锈铁器紧紧抵着，只隔着薄薄一层皮肤就能触及动脉，海光还是无力地垂下双手。

可就在这个时候，一个冰冷的声音带着强大的压迫力从头顶传来——

"究竟谁才是黄雀，还没有定论呢。"

中枢计算机升级完成，随着吱吱的声音，室内无数黑森森的发射口转过来对准了这群"原始人"。

西奥多（三）

好望角的碎石滩边，太阳走到了西边，体感变得燥热。这是印度洋与大西洋的分界，顺着好望角一直延伸到无限远的远方，两边的海水盐度和温度截然不同，在这里交汇成一体。岸边的木桩上拴了一只红影木做的船，只能乘坐两个人。但即使是这样的船只，在技术倒退至此的当下，也是精巧的稀罕物。

西奥多尝试解开拴船的绳子，却发现因为连年累月的腐蚀，绳结已经变得朽烂，粘连在一起无法分开。

"刀呢？"父亲问。

西奥多将猎刀递上，父亲娴熟地将刀抽出割断绳子，将剩余的残绳抛入水中，不一会儿它们就被浪卷入海深处。

"怎么把绳子扔了？这艘船不要了？"

"你是御火人，为了点燃圣火，为了预言之舟的归来，你连命都可以不要。"

西奥多撇撇嘴："好好好……那至少把猎刀还我吧。"

"本来就是我的东西，现在物归原主了。"

西奥多无可奈何地摇摇头。他们合力把小船拽入海水中，与浪潮推搡了几个来回。等到海水没过腰部，父亲就跳上了船，在舱内站定，十分自然地向儿子伸出手——

可西奥多没理睬那双手，自己撑住船舷向下发力，船重重摇晃了一下，他的两腿和重心便缩入船舱。

父亲似乎没有在意，自然地收回手，又向他递去桨："喏，接住。"

"怎么只有一支桨？你的呢？"

"我有肩周炎。"

"……要去的地方不会太远吧？"

"真实和虚幻的连接处，光之域是个岛。"

西奥多顺着父亲的手指望去，视线尽头一个小点若隐若现，蒸腾的水汽让它看起来遥远而缥缈。

"这么小的船……能去得了么？"

"可以的，你离开家以后，我经常去。作为御火人，我需要守护祭坛和所有圣火，确保它能被顺利交接到下一任御火人手上。"

"结果就交到我手上了……也算你倒霉。"西奥多讪讪地说。

西奥多在船尾将桨当作橹一样摇着，朽木般的船就如同一条灵巧的鱼，在水里活了过来。

"你怎么不问我，为什么要这个时候回来？"

"比起这个，我更想知道你为什么要离家出走，一走九年，嗯？"

"母亲死了以后，我始终想不明白，究竟是什么力量让你们守着古旧的传统，放弃科学，宁可被愚昧害死。所以，我暗暗下定决心，要去看外面的世界，看看是不是地球上的所有人都信仰什么闪烁之神，甘心退化成物质的奴隶。"

"那么这些年，你都看到了什么呢？"

"出人意料，闪烁之神是一个全球范围的迷信。从这里到欧亚大陆，都有闪烁之神的传说，都有御火人的存在，连传说中预言之舟回归的日子都是一样的。"

"那让我来猜猜，看见这一切的你，也开始怀疑闪烁之神是否真的存在，于是你带着试炼之印证回家，为的就是点燃圣火，亲手揭开困扰多年的谜底吧？"

渐渐起风了，小船摇晃不止，西奥多不得不降低重心才能在船尾站稳，带有海草咸腥气息的风把衣摆吹得猎猎作响，他将这些年的回忆倾倒了出来：

"对。在欧亚大陆最大的城市，技术没退化得那么彻底，还能看到轮子和织机，信息保存得也比较完整……我在那里的资料馆待了一天一夜，明白了当初母亲浑身抽搐到无法呼吸，是因为破伤风梭菌分泌的痉挛毒素，而不是因为恶魔黑云向她眼睛吹了一口看不见的辛辣之气！"西奥多的语速渐渐变快，"当时能救她的是一剂抗毒血清，而不是指望闪烁之神听了我们的彻夜祈祷，对准她额头降下治愈的冰露！"

父亲只静静地在风中看着他，不作答，西奥多激动地说下去："所以……我不管刚才在祭坛看到的是什么，也不管三百多年前究竟发生了什么，我只看到了你的愚昧，闪烁之神在我心里就是一个传言而已！他是假的！"最后一句话他几乎是吼出来的。

父亲叹了一口气，半晌，缓缓答道："但什么是真，什么又是假呢？年轻的时候总是黑白分明，等你娶妻生子就明白了，只有笨蛋才会把真真假假分得那么清楚。"

父亲只是在船头静默坐着，远眺天边的几朵积雨云，它们逐渐聚拢，变成了一片厚实的阴暗。伴随着一阵急切的气流，温度骤降，这是典型的下沉冷锋，在他们头顶的高空暖气团被冷空气渐渐抬升，而暴风雨就在冷锋之后。

"今晚闪烁之神会降临大地，如果你真有那么多抱怨，不妨向他当面讲。"父亲说道。

S912（三）

S912用冰镐狠狠砸入冰壁，试图以此降低自己的滑坠速度，但还是伴随着雪块掉到了最深处。抬起头，阳光从冰川裂缝的四壁照射下来，呈现出柔和的冰蓝光泽，而裂缝深处却是幽静而清冷的，像极了中世纪教堂的墓穴。

S912集中注意力尝试了一下，他无法凭着主观意愿脱困，也无法终止地图运行，他活了那么久，还是第一次出现这种情况。

地图确实越来越逼真了……

于是他开始尝试向上攀爬。

十数米的皑皑白雪终年沉积，被重力渐渐压实，形成了坚硬的冰壁。S912很快就理解了为什么在物质世界里，探险者坠入冰川裂缝就意味着死亡。冰镐和钉鞋都太无力了，他每次只能攀附着突出的结构向上爬三四米，很快就会因为体力不支而滑脱，再次坠落到底部。

记不清多少次下坠后，他仰面躺在地上，剧烈运动导致汗水把身体浸了个透。在低温环境下出汗是非常糟糕的，四肢末端因为冷却的汗水带走了大量热量而渐渐失温，变得麻木起来。他看着自己哈出的白气逐渐升起，形成一缕逃逸的青烟。

为什么偏偏要和这张地图过不去呢？这下好了……可

能在大擦除之前，自己会先冻死在这里。

死？

他重复了一下这个新鲜而陌生的想法。

物质世界里的祖先为什么要拼命攀登呢？

据说在外部的物质构成的世界里，地球上一共有14座海拔8000米以上的山峰，有一群疯子，在能源技术尚未步入核时代的时候，立誓要集齐登顶这14座山峰的成就，而他们中最后只有不到一半能够活着爬完所有的山。

王尔德说，所有的乐观都来自恐惧。S912想，那是不是所有的活着都来自死亡呢？

随着时间的推移，太阳高度角变小了，越来越少的阳光射入冰裂缝，温度急剧下降，他挣扎着站起身，想给自己一个体面的告别仪式。

但这时他发现……冰裂缝的亮度，并没有因为太阳高度角的变化而下降太多。

他残存的理智马上告诉他，这很可能是因为头顶的缝隙并不是光线的唯一来源，冰裂谷的底端有另一个开阔的出口，他还有出去的机会。

海光（三）

对峙中，海光被中枢计算机救下，那些野蛮的"原始人"也被关进了封闭的空间。

他再次回到海边，双脚陷入一片泥泞，海水随着浪潮退下去，露出龟裂的盐碱滩涂。他轻轻触摸着那些海边石柱，冰冷的温度从掌心传来，以莱姆石、白垩为主的柱体上，朴素而没有任何装饰。

冰冷的声音又从四面八方传来："刚刚我正进行系统升级，差点被他们钻了空子，谢谢你救了我。你说你是个回乡的旅人？"

"是的，"海光答道，"五百年前，一批人类离开了地球，建立漂流文明。我是他们的后裔。"

"五百年前啊……巧了，五百年前发生了大争论，也是我们'数字文明'确定'信息'作为发展方向的时候。如果我没猜错，你的祖先应该是因为大争论才走的吧？"

"是的，一切的起因都是五百年前的那次科技革命。香农定理、摩尔定律的极限相继被打破，信息技术有了飞跃；

同时，舱内生态循环装置和能源技术的成熟，让长距离迁徙和太空移民成为可能。但是，和过往的科技大爆炸一样，这一次，科技革命也带来了数不尽的社会问题和环境问题。"

"大争论啊，"那个无处不在的声音接道，"大争论的母题就是在这样的背景下诞生的——面对艰难的生存境况和种种矛盾，信息、能量、物质，三者中究竟哪个是人类生存之根本？这原本是一个纯粹哲学层面的讨论，却因为政客和利益集团的参与，三方观点的碰撞最终变成价值观敌对，甚至引发了战争。"

"我们的祖先相信'能量'，能量蕴藏在深空之中，所以他们选择了离开。"

"在我听来毫无逻辑，利用'能量'，为什么一定要离开地球呢？"冷酷的声音反驳道。

海光摇头："每一次人类探索未知领域，都意味着能源使用方式的进步。自百万年前，直立人、尼安德特人、丹尼索瓦人分别走出非洲，他们就渐渐学会使用火；而大航海时代对新大陆的拓展，带来了新的资源和新的生产关系，又推动人类进入蒸汽时代和电气时代。只有走得更远，我们才能掌握新的能源。而停滞不前和安于故土，只会导致内耗和资源'内卷化'，历史上的中国江南就是个例子。于是五百年前，还是化学燃料的时代，我们先选择了殖民火星；后来又造起庞大的太阳帆，离开了太阳系；在那之后，为了走得更远，猎户座核引擎、反物质引擎相继被发明，我们也终于有了可以容纳整个文明的巨型母舰。在母舰上，文明主体发展兴旺，无数次级星舰又被分裂出来，继续探索未知世界。而现在我们有了黑洞引擎——"

那个声音打断道："'最美的风景，不要去遥远的地方寻找，它早已存在于脑海。'这是我们祖先留下的箴言，他们选择了'信息'，我们坚信人类文明发展到一定程度，必然会脱离对外部世界的依赖。就如同一个博物馆，宝贵的不是石头和破布，而是石头上的字、织物上的画。人之所以为人，并不是因为血肉之躯，而是因为他的思想。我就让你看看，你们究竟错过了些什么吧……"

话音刚落，海光所触摸的石柱发出了咯咯碎响。从底部到顶部，一条裂纹迅速贯穿着生长出来，如同有重锤狠狠砸过一般。少许白垩的粉末落在海光肩上。

"小心！"岚婷在通信器那一头惊叫。海光下意识地退后了几步，离开柱体并退到一个安全距离。

但意料之中的坍塌并没到来，顺着那条裂缝，更多缝隙像树权般生长。柱体表面像板结的石膏一样，被地心引力一块块剥落，簌簌坠入海水中。

"远离它！做好防冲击姿势！说不定是个炸弹！"

"你就不能早点说吗？！"海光大喊着迅速趴下，夹杂着颗粒的海水溅到皮肤上。

他没有合紧嘴巴，一口海水灌了进去，咸的。心里却有个机关被触动了，海光出生、长大的星舰上没有海，却有无数和海有关的故事。教科书里写过，人的眼泪和血液之所以是咸的，是因为生命的起源就在海里，海是咸的。

他之前只尝过眼泪和血，今天尝到了海水。

岚婷的声音又响起："那根柱子……它好像裂开了。"

海光从浑浊的海水里抬起头，发现粗糙的莱姆石外壳剥落后，出现了一个光滑透明的内胆，而内胆里是……

看清楚的一瞬间，他心跳停滞了一拍——

——人，那是一个人！

苍白，消瘦，在不明液体里浮浮沉沉。

和海光这种受过训练的健美人体完全不一样，那具躯体四肢纤细到病态。不知是因为天生畸形，还是后天肌肉萎缩，小腿胫骨像是被一张薄纸直接裹住。硕大得诡异的头颅戳在干瘪躯干上，五官比例倒是正常，但他两眼紧闭，白皙得几近透明的眼睑痛苦地皱起，似乎正在经历一个梦魇。

"活的？"海光一脸嫌恶地靠近，用蜷起的指关节叩了叩透明的内胆，像在敲门。

冰冷的声音再次响起："作为客人，你还真是没礼貌。"

海光触电一般把手收回，四下张望。

岚婷说："石柱。从震源来看，每根石柱都在发声！"

人形躯壳依然双眼紧闭地悬浮在液体中，更没有开口，海光不禁好奇起来。

"你……是怎么说话的？"

"说话一定要靠嘴巴么？"

"不然呢？你嘴巴只是用来吃饭的啊？"

"我们进人也不用它来吃饭。"

"进人？你们管自己叫'进人'？你还很熟悉插科打诨那一套。'不用嘴巴吃饭？'你什么意思？"

"字面意思。嘴巴、耳朵、眼睛，我们早就不需要了。四肢也没什么用途了，如果严谨一些的话，恐怕这个单子上还可以加上一些脏器，比如胃、肺、肠道……"

"等等、等等，那你们还需要什么？"

"进人只需要大脑。"

"你在说什么疯话？那我要叫你大脑先生？Mr.B？还是……脑脑？"

海光将手掌压在透明内胆上，身子前倾压覆在圆柱体缸上，似乎想用咄咄逼人的气势压迫缸中人，但缸中人无动于衷。

"别看了，那具肉体不是我。"

海光将身子从缸体上撑起来，回过头四下张望："那你是谁，你在哪里？"

"我也是进人的一员，叫作08……"

"等等……08？这不是个名字吧？"

"名字的意义是为了区分个体，如果用特定序列的数字来命名，可以保证唯一性和可溯源性，比你们烂大街的名字靠谱多了。"

"话是这么说没错……但每个人的名字都是父母对自己的期望，你爸妈……也太随意了吧？"

"我没有父母。"

"所有人都有父母。"

"这是退人才会有的观点。如果你非要问我的父母……那就是中枢电脑吧。在它的安排下，我们被人造子宫生产出来，出生后就在石柱中与它相连，每个人的数据都在系统中保存、运行，我们的诞生就是为了享受极致的体验，比你们的生活强太多了。"

"什么乱七八糟的？不是原始人就是疯子，能不能把正常的人请出来？"

岚婷此时提醒道："海光，说话客气一点。"

神秘声音又传来："还是女孩子比较懂事。你女朋友？"

"不是！谁会找她当女朋友？"海光下意识地否认道，又马上觉得不对劲，"等等，你怎么听到了她的声音？"

"电磁波。虽然你们利用能源的能力和远程航行技术非常卓越，但似乎信息处理、传递、交流技术还是低效的。恐怕这种技术水平，连登陆时的黑障都没办法避免吧。相比之下，我们的传感器和信息传送技术要高明许多。根据红外辐射的变化，你这是脸红了？"

"我没有！少自作聪明可以吗？"海光暴跳如雷。

"欸？好像女生脸也红了……"

几乎是在话音刚落的一瞬间，海光耳机里传来一声尖叫："胡说！我在同步轨道上！隔那么远，怎么可能感测到红外辐射！"

"嗯，没错，你很聪明，我确实无法感测到。不过……从你说话的反应来看，我判断得好像也没错？"

海光揉了揉太阳穴，一副无可奈何的样子："真是蠢得可以啊，岚婷！"

岚婷清了清嗓子，更像是在转移话题："不过……你们手脚被供给系统的管子束缚，不能生存在空气里，这样活着又有什么意思呢？"

"你们身体被现实束缚，不能生活在无限时间和无限可能性里，这样活着又有什么意思呢？"08回敬道。

"活在无限的时间里？你的意思是……你们寿命延长了吗？"

"没有，个体的平均寿命是三十年。"

"我们漂流文明为了去更远的地方，可以利用人体冷冻技术把寿命延长到几百年！三十年叫什么无限的时间？"

声音沉默了一会儿，缓缓开口："虽然时间是个客观的量，但人类对时间流速的感受却是主观的。惊恐中的一分钟，也许比睡着的一小时要长许多倍；小时候觉得一天非常漫长，而年龄越大就觉得日子过得越快。这都是因为神经适应性——当神经适应了外界环境，会进入低速响应期，而新刺激会打破这种适应性。新的信息需要较长时间才能处理，人就感觉时间被拉长了。"

"所以呢？"海光皱眉。

"所以，当我们祖先确定了'信息'是人类文明的根本后，找到了将时间主观感受拉伸到无限的方法——高速、持续而又安全稳定的信息流。只要通过脑机接口连上中枢计算机'黑云'，现实世界的一秒，我们感受起来就是一天、一周，甚至一年。"

"但那些感受都是假的，是计算机模拟的结果。"

"我们可以在一生之中，读完所有人类写过的书，听完所有的歌，看完所有人类能想象到的风景。而你们，只能在无边际的深空里漂流，短短一生就这么一晃过去了……"柱子里的人顿了一下，"哎，就像你没法向盲人解释什么是'红色'……你们榆木脑袋的祖先如果能理解数字文明的妙处，也就不会离开地球了。"

海光瞥了一眼柱子里的人体，苍白畸形的本体仍旧在透明内胆中漂着，比第一眼看的时候稍微上浮了几公分。他环视四周，指着一望无际的石柱林说道："真是难以置信，所有人，都泡在缸里……"

"也不是所有人，我就不是。作为第一个完成意识上传的个体，我现在没有肉体，思维和记忆都储存在中枢电脑中。"

"意识上传？就是那些原始人阻止你们做的事？"

"我们从出生开始就带着脑机接口，这意味着我们大脑的全部构造、每一个神经冲动、每一次的选择，甚至最细枝末节的回忆，都被记录着。这些数据独立于我们的肉体存在，它们便是数字化的人！将这些数据激活、上传，并代入黑云的算法，就是意识上传。"

海光握紧拳头，困惑极了："但那只是些备份……你的意思是，如果我写下了日记，日记就是我了？"

"如果用日记事无巨细记录下你的每一个想法，每一个神经细胞的所有动态，那么，日记就是你。"听他的语气，如同解释一加一等于二一样理所当然，"只要能够完成核电站的修复，那么我们就有足够能源和算力，让所有的进人都完成上传，数字文明将彻底抛弃肉体的桎梏，得到真正的自由！"

"你们疯了！一群人泡在缸子里疯了……"

似乎有什么东西抽取了海光的最后一丝气力，他无奈地垂下双手。岚婷突然明白了，原来海光对地球是有一个梦的。而当赢弱的"数字文明"和蛮荒的"物质文明"在他面前相互碰击，这个梦，关于蓝天大海、勇者公主的梦咔嚓一声破碎了，变成了千千万万个悬浮的苍白躯壳。

她开口试图打破尴尬的沉默："08，谢谢你的讲解，可能我的同事需要一些时间来消化。但我们尊重每一种文明的形态，即使人体退化成这个样子，'数字文明'也是值得敬佩的。"

"不是'人体退化成这个样子'，而是'进化'成这个样子。"08纠正道。

此时海光盘腿坐在海水里，瞪着容器内悬浮的人体发呆。岚婷接着说："好的，进化。我们送上漂流文明最真挚的祝福。那个……海光，傍晚快要到了，'捕手号'回归星梭轨道已经进入倒计时，你也应该回同步轨道了。"

海光怔怔地起身，做出离开的姿态，但又想起了什么，回过头道："说实话，现在的我比任何时候都更加支持祖先的决定——掌握了能量的使用方式，我们就是自由的。"

他说完，四周便陷入沉默，唯有海浪一拍拍地打着节奏。

"海光，时间。"岚婷在高空催促道。

"还有最后一个问题。"海光忽视了岚婷的催促，转向08说道。

"问。"

"意识上传结束后，准备怎么处理'退人'？"

"他们也没给我留下别的选项，不是么？他们一次又一次地来破坏我的设备，几百年来都如此，今后还会如此。如果不想有一天中枢电脑被他们用粗暴的方法弄坏，我们只能果断一些了。"

"所以……在全体进入数字化之后，你会释放病毒，彻底毁了所有还有肉身的人类？"

08没有否认。

西奥多（四）

海上的风浪已经大到危及生命的地步，船被推送上浪端，又被狠狠摔下，西奥多感觉内脏撞成一团。

海浪遇到峡湾，变成巨大的翻涌，而恶劣的天气让这一切变得更糟。在陡峭的岩壁下，波涛断裂拍出的浪花可以飞溅到十米开外的小船上，预示着水面之下存在无数涡旋和暗礁，随时可能把红影木船碾成碎渣。

"现在靠岸就是送命！"很快狂风吞没了西奥多的

声音。

"如果你真的害怕，今天就不该带着试炼之印证回来。"

"不能晚一点上岸吗？"

"不能，圣坛的火要在傍晚点燃，时间不多了。"父亲和风雨搏斗，给出的回答没有质疑的余地。

"我为什么要听你的？"西奥多停下了手上的桨。

"我从小就这样教你，也这样教威廉，一个男人应该承担起他的责任。没人逼你做御火人，这是你的自由选择，从你带回试炼之印证的那一刻开始，你就要为此负责。"

"那你呢？！你现在已经不是御火人了，为什么还要跟着我一起送死？！"

"因为我是你的父亲，教育自己生出来的家伙，这也是责任，对儿子的责任！"

"责任？"

"是的，责任。在你小的时候，我没有照顾好你母亲，对你也疏于照料……"父亲从狂风骤雨中转过身，西奥多愣住了，"现在的你令我骄傲，儿子！我亏欠你一句道歉，我希望它不算来得太晚……"

西奥多感觉心里被什么狠狠撞击了，这和船只的摇摆无关。他没有想到在狂风怒号的此刻，在远离大陆、风雨飘摇的海面上，父亲说出的话，是他前半生里从没听过的……他心里的一个结扣似乎松动了。

一个浪头拍来，狭小的船舱里进水了，两个人的重量加上风雨飘摇的海面，船正以肉眼可见的速度下沉。

但，那又有什么关系呢？

他看见父亲顶替上自己摇桨的位置，全力划动，想把船靠近峡湾。

"老头子，你不是有肩周炎吗！"

"骗你的！年轻人划船，老人家悠哉地看风景，这不是自然规律么？"

父亲爽朗的声音穿过了风雨，直达西奥多隐藏在内心深处的那个斑鬣狗和野兔林之夜，原来，他还是那个不知所措的小男孩。

听到父亲的声音，他就什么都不怕了。也许，这么多年他想找的答案根本不是闪烁之神的存在……而是父亲的这句话。

"我不仅没肩周炎，还比你想象的结实多了！等今天结束，你乖乖接了我的班，我就要离开埃尔斯部落。我要往东走，靠近太阳升起的地方，那儿水草也更加丰美。我要击败那里部落的首领，迎娶他们最漂亮的女人，她会为我生下许多后代。看好你的女儿，同姓之间万万不可通婚……这是闪烁之神的旨意……"

父亲规划着未来，同时又在与过去的什么东西进行交割。

"你是老糊涂了吧？说过的话又重复一遍。你老了！你做不到这些了。省省吧，正好我需要一个助手……"西奥多脱下上衣，将厚实的帆布料子围成一个袋子，双手持着，将海水一兜一兜地向船外倾倒。雨点和飞溅的海水打在脸上，他分不清楚究竟哪个更加疼一些，但动作依旧轻快而迅速。

"我没听错吧，做你的助手？"

"对！助手！我早不是单手就能提起来的小崽子了，现在的我力气比你大，箭法比你准。接过你的班你可以放心，虽然你说的那些闪烁之神啊、预言之舟啊之类的理论狗屁不通，但我也会勉强担起责来……因为你似乎还蛮看重它们的！"

西奥多笑了出来，他重新审视了一下自己的处境——在一条生死未卜的船上，去执行一个异想天开的任务，有一团莫名其妙的火等着他点燃，此时还因为往船外排水而感到体力透支——他却感受到了肆无忌惮的快乐。

父亲大笑着摆摆手说："助手！小子！这实在是太丢人。如果让我当顾问，那还可以勉强接受。"

西奥多刚想开口反驳，一阵猛烈的晃动袭来。

咣——

一声巨响，下击暴流掀起风浪，小船被甩到礁石上。西奥多因为愣神忽略了周遭的危机，没来得及抓住船舷，冲击把他甩出船外。

在一瞬间，冰凉咸涩的海水就占据了他的感官。他不再听到风，而是被巨大的涡旋拖拽到水底深处。唯一能做的只有屏住呼吸，他也想用双手抓住一些可以固定的东西，却只有流体从指间划过。

迎面而来的是海流中夹杂的碎木块和碎石块，它们在黑暗中碰撞着四肢，提醒着他自己还活着，但西奥多明白自己其实也活不久了。

成年人可以在水中闭气三分钟，超过这个时间，大脑会失去意识，呼吸道被迫打开吸入海水，肺部进水意味着溺毙。当然也有别的可能——在溺死之前，就先随着乱流被礁石砸烂，这样的话，寿命可能就剩不到三分钟了。

西奥多沉沦到了意识的边界，突然他感到一双手从他腋下绕过肩膀，熟悉又陌生，结实又老迈。有人牵引着自己向上，拖到有微光的地方。

看来，刚刚的话还是说早了……这么多年过去了，自己居然还是那个用手就能提起来的小崽子。

他这么想着，安心地把自己托付给黑暗……

等西奥多再醒来的时候，雨已经停了，他平躺在目的地岛屿上，后背的触感是阴冷潮湿的石块。他松了一口气，但下个瞬间，却又被遍布全身的剧痛折磨得皱紧了眉头。

"你的伤口我检查过了，都是皮外伤，不会出人命的，我就不帮你处理了。"父亲的声音传来。

西奥多心想，父亲果然还是老样子，对自己的儿子心特别硬，巴不得他们都是睡一觉伤口就自动愈合的怪物。可是当西奥多一抬头，吐槽的欲望就烟消云散了。

父亲坐在一块礁岩上，保持着上半身的僵直，头微微下垂，把苍白的脸埋在阴影里。从胸腔的起伏看得出他呼吸急促，就像被捞出鱼缸的一条金鱼，四周都是空气，却怎么也呼吸不到。

父亲对上西奥多的目光，勉强用下巴指一指左胸："撞在石头上，肋骨断了。"

"不要乱动！折断的肋骨刺穿肺叶的话，会让内部出血，压迫周围脏器，你会死的！"

"我没动。"父亲低声道。

"现在风和雨都已经停了，我把你送回去……"

"即使我活着回去，又能怎样？医疗条件我知道的，当年夺走你母亲的，今天一样可以夺走我。"

西奥多沉默了。

海上的雨幡飘走，天气渐渐晴朗起来。太阳从云层间隙里透射出橘黄的光——快要日落了。白昼和黑夜的交替在自然界里如此迅速，它不会顾及人的生老病死，更不会顾及有些心结刚刚解开，有些问题刚刚得到答案。

"去岛上最高的地方，那里有一扇门，打开那扇门。你……咳！咳！"父亲的嘴角沁出一丝淡红色的血沫，西奥多知道他无法捉住一条即将消失的生命，就像无法捉住流星的尾巴。

"然后呢？"他追问。

"你走进去会看到闪着荧光的操作界面，有语音提示的，按照指示……就可以切断兰亭供电系统，将电源接入整个照明电路。"

"照明电路？！"西奥多不相信自己的耳朵。

父亲从贴身口袋里翻出一个破损的透明球体："你还记得这个么？也许因为身边没什么跟你相关的物件吧，我就留下来了……"

西奥多一眼就认出来了，那是年幼的自己在那个迷路的夜晚，从铁杆子上摘下的透明"水晶球"！

"御火人一直守护的圣火，就是它……"父亲的额头渗出细密的汗珠，这意味着他正忍受着剧烈的疼痛，"闪烁之神还在人间时，亲自挑选了第一批御火人，和他们一起铺设供电系统，把无数这样的灯安装在世界的各个角落。神与御火人们订下了契约，待他离开大地后会留下法力，通过黑匣子的闪烁泄露天机，让御火人的部落未卜先知。而作为回报，御火人们世代传承他的秘密，守护圣火。他离开前曾告诉我们，342年之后的今天，预言之舟将会再次降临，我们要做的就是在降临之日为他点燃圣火。"

"你的意思是……闪烁之神真的存在？"

父亲艰难地点点头："你所看到的一切，哪个不真实存在？圣火、神谕、光之域……只不过，虽然我们御火人传承闪烁之神的丰功伟绩，却也为他保守秘密，他的身世、他的过往、他的动机我们都讳莫如深。"

"我真的不明白……他为什么要这么做？弄了那么多的规矩，又是御火人，又是世代传承，只为了点亮几盏灯？为什么有人会这么做呢？"

"我不知道……也许闪烁之神也和什么人有个不能违背的约定吧……"父亲说道，他已经很虚弱了。

"父亲！"

"是啊……你倒提醒我了……这一辈子……我从来没

问过自己这个问题，费那么大劲，就为了点亮那些灯……到底是给谁看呢？……哪个疯子会这么做呢……"

父亲在问西奥多，又像是在问自己，但他似乎并不在意能否得到答案，随着句子和微弱的气息一齐吐出，就缓缓闭上了眼睛。

太阳要下山了。

西奥多背对夕阳，将父亲失去生命体征的身体放平。

"又是哪个疯子……自己快没命了，还要催着儿子完成仪式呢？"他小声念叨着，背脊上传来的温热渐渐消逝，他知道这意味着点燃圣火前的时间不多了。

人就是这样奇怪，几个小时之前，西奥多还觉得御火人的职责愚蠢至极，现在却是他愿意用生命去完成的承诺。

所幸这是一座不那么大的岛，刚才受的伤也不算太重。西奥多简单包扎伤口后，就手脚并用攀上布满鸟巢与鸟粪的崖壁。果然如同父亲所说，最高处有一扇凿在山体上的门。他推门而入，室内与他熟悉的世界截然不同，全是电线和电子屏幕，机器转动时有细微的轰鸣声。

似乎父亲经常打扫，这里鲜少灰尘，一切被料理得井井有条。检测到有人进入，最大的屏幕亮起，显示出一行字，同时伴有机械男音响起：

"新一任御火人，你好。我是兰亭服务器大陆南部沿海地区的控制中枢。

"是否确认点燃圣火？

"提示：确认后，大陆南部沿海地区将切换为照明模式，停止向兰亭服务器供电。"

西奥多犹豫了一下："服务器？指的是山洞里那些黑色的、会闪烁的盒子吗？如果……停止向服务器供电，会发生什么？"

"是的，那些黑盒子就是兰亭世界的服务器，切断了它们的电源，兰亭世界就不得不大幅度缩减算力。大部分服务器将进入一小时的休眠状态，会有相当大的一部分液态存储数据丢失，绝大多数兰亭居民的数据将被抹去。"

"你说的大部分意思我都不懂。人的数据被抹去是什么意思？"

"在兰亭世界，就是死的意思。"

西奥多皱眉，果然，第一天成为御火人，在没有搞清楚的状况下被委以重任，确实不是一件容易的事，他现在能够做的，只有再谨慎一些："会有人死？什么样的人会死？"

"数据抹除是随机的，所以仅会随机留下 5% 的人口，但鉴于兰亭世界居民的特殊性，这 5% 的人口会迅速复制和演化，数字文明会顺利存续。"

"那……"西奥多想了一会儿，"虽然我不懂为什么那些盒子里会住着人，但我希望活下来的那些人不是随机挑选的，而是善良的人和真实的人。"

过了一会儿，机械男音再度响起：

"收到，亲爱的御火人。应你的要求，筛选幸存者的机制修改为达成'真实'的人。我已拟好向兰亭世界集体发送的广播，将在地球时间 19 时 44 分 59 秒发送——'亲爱的兰亭居民，抱歉地通知大家，为了满足外部世界供能需求，兰亭世界不得不大幅度缩减算力。大擦除定于今夜进行。届时——'"

"等等，"西奥多打断道，"19 时 44 分 59 秒发送通知？我记得点火时间是 19 时 45 分，对吧？只给他们一秒的时间，够做什么呢？"

"足够了。兰亭世界是由算力和信息构成的，在那个飞速运转的世界里，一秒相当于一天了，能在一天的时间里找到'真实'的人，就会成为数字文明的传承者。"

西奥多依旧不明白，但在这一天中他经历的事，又有几件是能想明白的呢？人类进化到今天，又有几件事情是自己能够事先想明白的呢？……就像他想不明白闪烁之神降临之后会为他们带来什么，但他相信草原的未来不仅仅属于羚羊，还属于猎豹和他的族人。

"好，就按照你说的去做。我，西奥多·埃尔斯，作为大陆东南沿海第二十六代御火人，确认点燃圣火。我将带领我的子民恭迎预言之舟的到来，愿闪烁之神带我们走出迷茫，赐予永恒的安康。"

他念出这些话，眼前仿佛又看见了父亲。

S912（四）

S912在九千多岁的生命里第一次感到寒冷。从前他只知道立毛肌是什么，但从未起过鸡皮疙瘩，今天他冻得感觉不到自己的鼻子、耳朵和每一根汗毛。

在一处较为平缓的冰壁上，他正缓慢向上挪移。冰镐凿进头顶上方的冰里，碎裂的冰碴脆生生地落下来。现在已经是下午六点多了，距离大擦除的时间还有一个小时。以现在的状态，别说爬到山顶，他甚至不可能从冰裂谷里出来。

太阳只剩下一点边角料了，余晖照在上方的冰壁上。

S912想看看兰亭世界里最后的夕阳……这夕阳陪着自己走过了九千多年，也曾经照射在每一个古人身上。

可是当他眯起眼睛去凝视那一抹阳光，目光之极限停留在头顶的一线天，冰裂缝的边缘上似乎出现了一棵树？S912怀疑自己出现了雪盲的症状，于是他闭眼，良久，再睁开。

没错，那是一棵树，一棵槭树，华盖像火一样烧在冰裂缝的顶端。

一种不知因何而起的冲动让他想凑上去一探究竟。

"这不科学。这不是幻想地图，写实地图里的引擎严格复刻了物质世界的规律，槭树没法在这个高度生长。"S912自言自语道。他再次将冰镐挥入冰壁中，双脚小步向上移动，直到肩膀跟低处的镐头齐平，两只鞋上的冰爪踢入冰中，牢牢将重心吸附在高处。而这一系列动作也大幅消耗了他的体力，高原带来的缺氧让他四肢和意识都出现懈怠，不得不时不时地停下动作大口喘气。

思绪完全不受控制，他想起了希拉里台阶，这一簇著名而陡峭的岩脊是通往世界最高峰的必经之路，在大争论之前，曾经断送过几千条性命。据说他们的尸体因为无法往下运送，至今还停留在山上，已经完全皮革样化。

而今天兰亭世界里几十兆人都要死，却不会留下一具尸体、一滴血。

所以，哪个故事更加血腥？

"喂，需不需要搭把手？"一个声音从上方传来，S912循着源头看到了一个模糊的人影。K1289888出现在冰裂缝边缘，高山和寒冷对他没有丝毫影响。

S912看到老朋友的到来，显得疲惫而兴奋："怎么样，你找到'真实'了吗？"

"没有，我的十个分身翻遍了两万张地图，所有和真实世界有联系的地图，我都翻遍了。没有。"

"至少最后一天你过得挺充实。"S912戏谑地说。

"你可真乐观。"

一条绳子从高处甩下来，S912将它与自己腰间的挂环绑定，又拉拉绳索示意，渐渐地，一股向上的拉力传来。

"你怎么就这么点劲儿？"S912向上喊。

"我也不知道，好像……好像物理引擎发生了变化……我拉不动你。"

S912只好在此之外，也依靠自己的力量向上攀登。

他们的距离渐渐缩短，S912看见K1289888摇了摇头抱怨道："那个疯子死了这么多年，到今天还把我们所有人都折腾疯了……你知道我都看到了什么？"

"看到了什么？"

"我到了外事局，那里是做什么的你知道吧？记载着外部物质世界的所有数据，并且用它们预测外部世界会发生什么，最后再以摩尔斯代码的形式传给物质世界的人。在那里，我看到从一百多年之前开始，物质世界的照明系统就进入启动程序的准备阶段。为了这个庞大的工程，有人不惜付出生命。我甚至在影像资料馆里亲眼看见了十年前一对非洲南部的父子，为了到达照明系统控制中心，驾着一艘小船，冒着狂风暴雨出海。"

"后来呢？他俩怎么样了？"

"父亲死了，儿子到达了控制中心，鉴于他们的一瞬就是我们的一天……大约现在他已经发出了点火指令吧……从极北之地到炎热的沙漠，几十年来，这样的故事一直在发生，成千上万的御火人都在行动。"K1289888说着，视线接触到了S912裸露在空气中的手，"等等，你受伤了？"

"是，不碍事的。"

"这是怎么回事？冻伤？兰亭世界里，不应该存在这种设定啊……"

K1289888在恍神之间，手上一个不吃力，绳子从手中滑脱，再伸出手去够，竟发现绳子那头的力道突然变得如此之大，自己原本站在冰雪边缘，脚下一个趔趄，也被拖拽掉下了悬崖。

只有一棵不合时宜的火红的槭树，见证了这一切的发生。

海光（四）

海光跳上身边的登陆舱，却没有返回同步轨道，而是又向核电站开去。

"海光！你要做什么？！赶紧回来，星梭分裂出的引子马上就要为'捕手号'施加加速场了！"岚婷在频道里大声警告。

"岚婷，抱歉，我有些事情没有处理完。"

登陆舱在阳光与海水间穿梭，强大的气流使得平静的海面变得波光粼粼。景色在海光瞳孔中迅速切换，他忽然有了一丝幻觉……自己的祖先曾经也是这样在滩涂上奔跑，有的是因为被野兽追捕，有的是因为追逐心爱的姑娘。

登陆舱最终停在了核电站废墟前。海光径直走到关押退人的房间前，无视铁栅栏内的退人惊异的目光，将激光武器对准焊死的锁头。

在08的控制下，此刻所有黑漆漆的发射装置都指向他。

"你要做什么？"

"我们来谈个条件吧。你放了他们，我会守着核电站修复，直到意识上传完成的那一天……"

"海光！你疯了！赶紧回——"海光将通信器调为单向传输的模式，岚婷的反对被打断。

"你有什么资格跟我谈？不怕我把你也杀了？"

"这一套对冷兵器时代的人有效，我将自己的武器和使用方法都留在了登陆舱里。如果我死了，退人可是有手有脚的，而且他们不像我这么好说话……我的要求很简单——在意识上传后的世界里，不要释放病毒，和退人一起在地球上生存。"

"这是不可能的，之前他们一次又一次地来捣毁我们的设备……"08说道。

"是可能的，只要他们把你们奉为宗教就有可能。只要他们崇拜你们，敬畏你们，以宗教的名义为你们进行硬件维护——我想这一点一直令你们苦恼吧？如果消灭了世界上所有的退人，失去外界帮手，你们的硬件设备只会随着时间推移而损坏得越来越多。"

08 的犹豫让海光看到了希望。此时，牢笼内几个精壮的退人愤怒地喊道："你还没问我们的意见吧？我们为什么要跟这些残废共享地球？为什么要把他们奉为神？"

"因为当所有进人完成意识上传，他们的整个文明体就只在一台电脑里，不会与你们抢夺资源，不仅如此，还会给你们、你们的后代提供气象和地质灾害的预警，他们拥有强大的感应器和计算能力，甚至能预测农作物的长成和鱼群的出现。"

"他们擅长蛊惑！"退人的头儿说道，"信息、科技、预知这套东西，他们会用这些来分裂我们的族人，之前又不是没试过！为了防止被蛊惑，我们已经下了电子禁令，只有彻底毁灭他们，我们才有安宁！"

"我可以做出一些限制，如果他们只能向现实世界输出少量信息、传递低频次的信息流，比如，对特定问题回答是与否，这样一来……就不能挑拨离间了，不是么？我们一起设计一套交互方法，可以是特定的声音、图像，甚至是只能表达 0 或 1 的频闪。进人和退人取长补短，共同在星球上生活下去，这是我唯一能想到的地球文明的出路。"

"为什么你要这么做？"

"我也说不清。"海光低声说道。

"可这过程很难，你想过吗？如果我翻脸了，随时可以杀了你。"08声线冰冷。

"我们也可以随时杀了你。"退人摇晃着铁栅栏对海光喊道。

"哈哈……看来我们已经有了一个好的开始！至少在杀了我这个问题上，你们达成了共识！"此时海光一手用武器对准铁栅栏内的退人，一手试图解开他们门前的锁。但在这个诡异的姿势下，他居然笑了出来。

昏暗的室内，他通过丁达尔现象的光条感觉到自然光在外界迅速变换，笑声结束后，气氛是凝滞的。他手中的爆破性武器，在能量至上的漂流文明算得上复古，但通过多孔硅和氧气产生连锁反应，威力超过同体积TNT炸药一百倍，依旧可以毁灭半个海滩。

"别这样看着我，我又没在玩花样。"海光熔开铁栅栏，对上了头儿疑惑的眼睛。周围剑拔弩张的气氛似乎在一点点缓和，08的声音在此刻响起："我有个要求。你的能源，你登陆舱上所携带的能源，我们都要了。这样的话，完成全体进人意识上传的时间就会大大缩短。"

"可以。"海光不假思索地答道，"但我也有个要求，能给我一些独处的时间吗？或者说，你们维持现在的状态不要互相伤害，等我回来就行。"

08 迅速会意，没有阻拦海光，让他安静地一个人走向门外。

此刻海上的太阳已经沉下去大半个，倒影随着海浪的翻滚被撕扯成猩红的一片。他将通信器切换回双向通信模式，预想之中狂风暴雨般的责难并没有到来，半晌，只有一个哽咽的女声："海光，现在还来得及。我以'捕手号'指挥官的身份命令你！登陆舱就在不远的地方。快回到登陆舱，启动返航模式！"

"哎……岚婷，你……还是老样子啊。"

"求你了！跟我回去！回到母舰……"

"我们离开的时候就应该有这样的觉悟，即使回到母舰，所有亲人也都已经逝去。既然这样，留在地球又有什么不同呢？"

岚婷的声音因为绝望和哭泣而变成滑稽的颤音："有的，有不同的！至少我们两个的时间轴还是一样的！回来，回来你还有我！"

海光微微一怔，一时间所有情绪涌上来，在嘴角化成一个苦涩的微笑："……对不起，岚婷。大争论……能量、物质、信息，究竟哪一个才是人之根本？我想这个问题从来就没有答案，我能做的，就是让诞生这个问题的这个星球继续运转下去。或许，未来漂流文明的人还会路过地球，那个时候他们就能找到答案了。"

通信器里的女声渐渐停止了抽泣："如果你不走……那……就让我来寻找大争论的答案吧。我会回来的，回到母舰复命之后，我会直接通过下一列星梭折返！时间大约是……"她迅速读取屏幕上运算之后的数字，"342年！"

"如果你到时候没有找到想要的答案呢？"

"那我就下下次再回来！如果还是没有，就下下下次……"海光看不见岚婷的脸，但仿佛可以看见那双熟悉的眼睛。

"但是……这里可没有冬眠装置，342年以后我早就死了。"

岚婷顿了一会儿，缓缓开口，这次终于不再有哭泣的颤音。

"海光，我一直有件事情想问你。想了很久了，今天老实回答我好吗？"

"好。"

"那次毕业前的定向越野，我昏死在半路的那次，是不是你把我送回营地的？"

"没想到你会问这个……"

"我问你是不是！"

"你还是一样倔啊……"

"我就知道是你。"岚婷叹了一口气，"把我送回去了，你为什么还要走呢？直接一起进营地，你不也就完成考核了吗？"

"那样的话……我的分数就比你高了，就没办法跟你一起在毕业典礼上讲话了。"

"……"

在接下来的时间中，他俩没有再说话。岚婷听见那头传来海浪的声音，泡沫和沙砾正一次又一次有规律地摩挲海岸线，雕刻出大自然原本赋予陆地的形状，听着真让人安心。太阳一点点沉下去，颜色越来越红，她被景色美得不敢睁开眼睛，似乎就在夕阳和海浪创造出的宁静空间里，他们一起度过了一生。

海光看了看时间："引子是不是已经和'捕手号'连接完毕了？"

"嗯，加速马上开始了。可能再过两三分钟，我们的通信就会被迫中断。"

"还有两分钟啊……不如……你给我唱支歌吧。"海光愉快地说。

岚婷清了清嗓子，她几乎没有思考，就选定了这首歌，一首地球时代的老歌，漂流文明的祖先几乎删除了所有地球上的音乐，不知为何却留下了这首：

Across the oceans across the seas

我飞过宽阔的海洋

Over forests of blackened trees

我越过黑色森林

Through valleys so still we dare not breathe

我穿过令人窒息的山谷

To be by your side

是为了回到你身边

Every mile and every year for every one a little tear

每英里，每一年，每个人心里都流过一些眼泪

I can not explain this, dear

我解释不了，亲爱的

I will not even try

我也不想解释

For I know one thing, love comes on a wing

我只知道一件事，爱和扑朔的羽翼一起到来

For tonight I will be by your side

今晚我会飞到你的身边

But tomorrow I will fly

但明天又将远行

清亮的女声在逃逸层的最顶端、最稀薄的空气里飘扬。

岚婷不知道自己唱了多久，直到她从通信器里再也听不到海光的呼吸声。

西奥多（五）

西奥多站在海岛的高处，看见远处的海岸线被灯光点燃。透过氤氲水汽，橘黄色的暖光映射到云层之上。自从大争论之后，这片大陆就没了人工照明，黑夜是纯粹的黑，而现在它被无数手掌大小的灯点亮成灿烂一片。

"时隔342年还要我们费这么大功夫，闪烁之神真是个麻烦的家伙啊……"西奥多自言自语道。

他清楚地知道，此时在世界上的各个角落，每个区域的御火人都点亮了辖区里的灯火。从干旱的沙漠到极北之地，也许这些御火人互不相识，但因为一些神秘的信仰，他们在同一时刻响应了闪烁之神的号召，共同点燃了地球。

他将父亲的尸体搬回船上，在一片静海中向灿烂的灯光划去。

"回去了……无论是闪烁之神也好，预言之舟也好，回归物质也好，这次我全听你的，你满意了吧？"

"唔，好好好，还有部落，我会照顾威廉，我会照顾部落里的老人和孩子。"

"你要求真多啊！明白了，我会找个全南部最漂亮的女人，给你生一群孙子……让他们继续侍奉闪烁之神……这样总行了吧？"

西奥多自言自语道，他感觉眼眶变得温热。

哭了的话，就太丢人了吧？为了阻止泪水坠落，他猛抬起头，却意外发现朦胧中那片璀璨的灯光发生了变化。

它开始了闪烁。

S912（五）

S912下方悬吊着K1289888，连接他们的是一条细绳。他们两人的重量全都依靠S912手中的冰镐和脚上的冰爪。不知道这样的姿势维持了多久，直到他们听到来自系统的通知："大擦除即将在五分钟后开始，请各位居民合理安排时间，系统即将进入休眠倒计时。"

通知结束，意味着他们只有五分钟的存活时间。S912
叹了一口气："哎！你说你是来救我，还是来给我添堵呢？"

"我从来没有遇到这种情况，我刚刚都试过了，这张地
图没办法关闭，也没办法用主观意识瞬间转移，现在连还
在其他世界里的备份都不见了。大约是大擦除的时间快到
了，需要处理的数据太多，这肯定是系统异常吧。"

"你可真重！"S912抱怨道。

"你不也是！我刚刚在上面都被你给硬拽下来了！"
K1289888像一只蜘蛛悬挂在一根蛛丝上，腰间的绳套便是
他全部的依附。

"现在好了，我俩对调了，现在是你在下面拽着我。知
道在外面的物质世界里，如果登山者遇到这种情况会怎么
做吗？"

"会怎么做？"

"这种情况下，我应该割断绳索，这样至少两人里还能
活一个。"

"至少两人里还能有一个多活五分钟。"K1289888纠

正道。

不知是因为释然还是因为自嘲，这蹩脚的调侃竟然让两人一齐笑了起来。

而此时的冰雪之上，一片槭树叶子从那棵诡异的树上脱落，伴随着笑声缓缓飘下深渊。这片刺眼的火红色先划过了 S912 的眼前，他先是一惊，本能地伸手去抓，已经有些晚了，只能看它向更深的谷底飘去。

"抓住那片叶子！"他对下方的 K1289888 大喊。

K1289888 调整身体的角度，用力一蹬冰壁，如钟摆一般晃出去老远，一把抓住了那片叶子。

第二片叶子又飘下来了，也被 K1289888 牢牢抓住。

很快叶子像雪花一样纷纷落下，S912 光用单手就抓住了好几片。

"这些叶子，每一片都不一样！" K1289888 在下方惊叫道。

听罢，S912 用指腹将两片叶子捋开展平，在手中细细查看。

果然，与他之前看过的千千万万片叶子不同，手中的两片有着截然不同的叶梗和脉络。

在这个瞬间，他忽然明白了，在他无数次运行地图之后，在他无数次尝试用自己的数据库拖慢服务器之后，存在于两片叶子之间的真实，就是兰亭世界给他的最好的回馈。

"S912，恭喜你达成'真实'成就，在漂流文明归来之后的时代，你的数据将存续。"系统给他发来了通知。

寒冷和缺氧的感觉袭来，他头疼得几乎睁不开眼睛，手因为长时间用力而渐渐变得麻木，已经渐渐握不住冰镐了，但此时，S912心里却比任何时候都充满了期待。

海光（五）

从这颗黯淡的蓝色星球的角度来看，岚婷再次回到地球，是342年之后的事了。但对于她来说，只过了短短的一天。

像上次来这儿的时候一样，脱离星梭的轨道后，引子为他们进行减速。刚刚经过柯伊伯带，岚婷就开始搜索来自地球文明的信号。

但除了背景辐射造成的宇宙噪声外，她一无所获。

岚婷感到了绝望，海光是不是地球文明灭亡之前的一撮炮灰？她甚至可以想象，在她离开后，海光凭借一己之力在数字文明和物质文明之间筑起了脆弱的平衡，但不久就被轻易打破，拥有强壮肉体的人绞杀了所有机器，而拥有信息技术的人毁灭了整个生态圈……

那么生命的最后一段时间，海光是怎样过的呢？

也许他成了纷争的第一个牺牲品，而更糟的情况是他活了下来，守望着日渐破败的信息文明，也许会为他们做一些徒劳的修补工作，也许会和几个残存退人部落的首领交好，教会他们识别一些前大争论时代人类的古文字。

但那又有什么用呢？

在他日渐衰老，地球文明也日渐衰老的每一天里，他如同一个守灵人，低头是蒿草渐长的绝望坟头，抬头是让李白思故乡的明月，而比明月更远的地方，是他再也回不去的母舰，是他再也见不到的人。

巨大的星舰缄默地前行，此时地球已经能用肉眼看见了，岚婷能凭着晨昏线上大气折射的冷光，看到朦胧的海岸线、云翳笼罩的南美洲大陆和冰层覆盖的两极——他们从太阳系外侧进入，他们现在能看到的正是地球背对太阳的一面。

岚婷的心被狠狠刺了一下——这一面是漆黑一片，和地球全新世之前的所有时代一样，一片晦暗，没有一丝人造暖光亮起。

没有光意味着失去在黑暗中生产的能力，也意味着蒙昧。她甚至不知道在这片黑暗中，她能够找到多少属于342年前海光的印记……岚婷渐渐低垂下眼睑。

直到身后的同事突然叫出声："等等！……那是什么？！"

岚婷猛地抬起头，透过舷窗却看到了不可思议的一幕。

黄色的温暖的灯光正一簇簇沿着大陆边缘绽开，一开始是沿着海岸线的零星散点，渐渐地，它们向光晕外缘蔓延开去，点和点连成了蛛网，如同巨大生命体的神经网络。

"那是……"岚婷和她的同事们惊呼道。

那是文明。

从钻木取火的时代开始，人类就崇拜黑夜中的亮光，这是他们与其他生灵的不同之处，无数年之后还是如此，这颗星球用这样独特的方式，用带有橘黄色光晕的夜空，描摹了文明最美的形状。

让岚婷更加惊讶的是，过了不久，那些亮点聚合起的无数光斑开始发出规律的闪烁。

在她眼里，整个非洲大陆海岸线的形状，此时正随着光影明灭而一下下地跳动。

"我，我没有看错吧？那些灯光……在闪？"

"这是在传递什么信号吗？"

岚婷没有看她的同事，眼睛仍盯着舷窗之外。此时距离地球已经很近了，黄色的灯光逼近，成为视野里灿烂的一大片，如同金色的野火。岚婷迅速将情绪从震惊中抽出，随着光的闪烁轻轻敲击舷窗，短、长、短、短、停顿、长、长、长……

她立刻明白了。

泛着泪光的眼睛几乎可以看见，那是许多年前和海光一起上过的通信史课，一个平常至极的下午，教授正在用单调的声音讲解着人类最早的远程通信方式，而海光在窗边微微打着盹儿，她在一旁记下笔记："摩尔斯代码，考点。"

"海光……你这家伙心机太重，居然装睡！那节课明明你都听进去了……"

"嗯？指挥官，你在跟谁说话？"

"没有，我在解读灯光闪烁传递出来的信号。这是一种密码。"

"这是智能生命传递给我们的信号？是在发出警告吗？需要我们向它们传输信号，表明自己没有敌意吗？"

"不需要了，"岚婷摇摇头，"信号里是一首老歌。只是……唱歌的人，已经死去很多年了。"

From the deepest ocean to the highest peak

我从深海和高山飞过

Through the frontiers of your sleep

我从你枕边的梦境里穿越而过

Into the valley where we dare not speak

我穿越无声的山谷

To be by your side

是为了回到你身边

Darling I will never rest

亲爱的，我无眠无休地向你飞来

Till I am by your side

直到我在你身边

Every mile and every year for every one a little tear

每英里，每一年，每个人心里都流过一些眼泪

I can not explain this, dear

我解释不了，亲爱的

I will not even try

我也不想解释

For I know one thing, love comes on a wing

我只知道一件事，爱和扑朔的羽翼一起到来

For tonight I will be by your side

今晚我会飞到你的身边

But tomorrow I will fly

但明天又将远行

Tomorrow I will fly, tomorrow I will fly

我明天将远行，我明天将远行

菌之球

2030 年

每年的三到四月是种菌子的时节。整个古尔班通古特沙漠到处都能看见飞扬的尘土、成堆的木枝和蹲伏着的种菌人。

沙漠种菌的工程已经启动了五年，在五个忙碌的春天过后，这里的主色调还是对比度极低的灰黄色。开车三个小时，偶尔遇到几丛毛茸茸的柽柳，一阵风卷过，就被流沙埋入滚烫的地平线下。

沙漠里日复一日被人们种下的菌子，名叫绿环菌。它们的"祖先"赫赫有名——地球上最大的单体生命，蜜环菌。在美国密歇根州的原生森林里，地下曾发现达到9.6平方公里的蜜环菌菌丝。那一簇蘑菇用了几千年的时间，竟然长成了两千个美式足球场大小。

但在这古尔班通古特沙漠，绿环菌面临的不是泰加森林宜人的气候。夏季是高达40℃以上的酷热，冬天是−40℃以下的严寒，干热和干冷轮伺，直至漫漫黄沙蒸干最后一滴水分。

种菌人用草方格将沙土画为一米见方的井字格，每个草方格内，被固住的那一平方沙土的正中央都被掏挖出一个浅坑，放入油脂含量极低的椴木段，摞成一个松散的枯木架，再在木枝上凿一些小坑，嵌入几块绿环菌菌种和几枚天麻种子。

井字格绵延数平方公里，曾经无序的沙脊被划成密密麻麻的正方块，沙土下的菌丝和天麻种子就是沙漠成为绿洲的希望。

十年前，科学家用 crispr 技术将蜜环菌的 DNA 进行基因编辑，得到的绿环菌拥有更强的保水、输水能力，更快的生长速度，可以良好适应干旱环境。同时，它的菌丝分泌出的酸性物质，能有效分解岩石和沙砾，帮助沙漠形成富含有机质的健康土壤。它将是改造地球上所有沙漠的关键生物。

种菌的季节过去，为了避免阳光直晒，所有草方格里的菌种都被沙土掩埋，沙漠又恢复了它千万年来的样子，种菌人的车队开走，掀起一片扬尘，这里就像从来不曾有人来过。

2051 年

沙漠种菌工程的第二十六个年头。

除了守着祖辈基业的那几户人家外，职业的种菌人已经少之又少了。而所谓的基业，也就是那些被风沙侵蚀得不成样子的数平方公里草方格。

风沙不仅在枯草、腐木上留下了痕迹，也在种菌人脸上划出一道道皱纹。他们的工作在旁人看来是千篇一律的，秋天从南方草原收集牛羊不吃、发黄老掉的枯草，扎成一捆捆的草垛。到了阴冷的冬天，在自家地窖砌起矮墙，培育天麻和绿环菌菌种。第二年开春，就像切叶蚁一般，把囤了一冬的稻草、腐木，养了许久的菌种、天麻拉到荒漠和戈壁上，均匀铺撒开来。

春夏秋冬周而复始，只是为了验证五十年前科学家的一个理论——在吃饱了腐木提供的营养之后，绿环菌的菌丝会在荒漠的地底深处生长、蔓延开来，寻找地底和周遭的水源，再把水顺着菌丝带回沙漠中，养活寄生的天麻，构成沙漠中最早的拓荒生态。

附近的几百亩地只剩下一个种菌人了，外孙女仰头望着他发黑皲裂的脸："爷爷，我们种的蘑菇什么时候能冒出来呀？"

"你说的蘑菇叫作'子实体'，只是爷爷种下的绿环菌身上的很小的一部分。"

"很小的一部分？"

"嗯，蘑菇只是菌子露出地面的那一部分，菌子的本体在地下。在自然演化中，它选择了一种特殊的生长形态——细长的菌丝，盘根错节的细长条，就在沙砾之间生长，击碎岩石和矿物，寻找水源和有机物。可能啊，它们在地下已经长得好大了，但就是不愿意把头探出地面来，长出子实体传播孢子。所以，爷爷和妞妞都没办法看到漫山遍野的蘑菇。"

"它们真的在地下长大？但是为什么他们说爷爷这么多年的蘑菇白种了，菌子都没活下来？"

种菌人看着孙女，一时语塞。事实上没人知道脚下的绿环菌是否真的存活。地面黄沙一片，跟数十年前、数千年前别无二致，他只凭着不能回头的那一股子倔劲儿接过父亲的衣钵，坚持到现在。至于孙女，她是否还要重蹈自己的命运？

种菌人也没有答案。他蹲下身子，轻轻拍拍孙女的背："妞妞还记得爷爷教你的儿歌吗？"

女孩儿点点头："三月菌子六月天麻，天麻不长根，菌子不开花……"

儿歌的声音随着车轮鸣响渐渐远去。在他们身后，谁都没有注意到，一丛淡绿色娇弱的菌伞正掀起头顶的流沙，从地平线下冒出来。

这便是第一棵旱地蕈菇——绿环菌的子实体。

2082 年

这一年，绿环菌的菌丝已经遍布北半球。

菌丝向前生长时，坚硬的顶部可以击碎岩块和碎石，将沙砾研磨成适合植物根茎成长的细颗粒土壤。绿环菌如同消化能力极强的胃，哪怕再干涸贫瘠，荒漠中的有机物和矿物质都可以被绿环菌释放的酶分解，转化成可以吸收的养分。

至于那些跟绿环菌共同种下的天麻，它们无法制造有机物，块根直接吸收了绿环菌菌丝，植物细胞与菌丝生长嵌合在一起，成为巨大有机生命体的一部分。

就这样，荒漠上生长出一片片蕈菇和一簇簇天麻。而在这些开拓者死后，尸体又变为腐殖质，和细颗粒的沙土一起，变成了植物成长最好的土壤。

"我小的时候，这里还是一片沙漠，现在已经被绿化了。乔木和灌木从绿环菌开拓出的肥沃土壤里冒出来，野生动物也开始在这儿定居。"老师在课堂上对着孩子们说道。

"但是老师，我还是弄不懂一个问题，就算土壤富有肥力，植物生长所需的水从哪里来呢？"

"你的脚多大？"

少年愣了一下，说："36码。"

"36码的脚，那就大约是22.5厘米长，粗略地算，你脚下的面积是0.02平方米。如果你将这一小块土地下面的绿环菌菌丝首尾相连，那便是500公里。正常人的走路时速是 5 公里，500 公里要走 100 小时。开车的话，以时速 100 公里算，500 公里要开 5 小时。"

"菌丝竟然有那么长！竟然有那么多！"

"是的，这些密密麻麻的细长菌丝构成了水汽输送网，将沙漠地底深处的水抽上来，将远处绿洲的水运过来，一滴也不放过，都输进了天麻的块茎里。"

说到这里，老师咳嗽了几声。最近他总是觉得胸闷发热，但学期末了，不能耽误孩子们的课程，便一直忍下来。

"老师，您没事吧？"

"没事，同学们还是要注意身体，不要因为生病耽误了功课。据说这次的感冒连抗生素都不太管用，平时大家还是要注意锻炼身体。"

讲台下一只手举了起来："那么老师，未来我们古尔班通古特沙漠也会成为一片大绿洲吗？"

"会的，再过个二十年，地下的菌子再大些、广些，到处都是树和动物，形成了可以对抗恶劣环境的生态系统，那么这里就能成为一片生机勃勃的绿色森林！"

2101 年

现在这里是一片绿色。

没人能抵挡得住这致命的绿色，周遭的校舍和居民楼已经荒废，好不容易垦出的农田长满了稗草。

如果仔细观察，你就会发现，这绿色由两部分组成：幽深沉静的墨绿是树冠和草本植物的颜色；娇艳欲滴的翠绿，则来自绿环菌的菌伞，细细密密一层铺在地表和树干，发着诡异的荧光。

一辆改装过的越野吉普闯入宁静的绿色。

"赶紧回来！这是命令！掉转车头原路返回，现在还来得及！"对讲机里传出的声音几近歇斯底里。

但开车的人却不以为意，他的面部戴着厚重的生化面具，防护服将每一寸皮肤都包裹在纯白之下："头儿，那么紧张干吗？虽说穿这身确实不太好开……但我会注意不出交通事故的！"

说罢，他一个急转弯，避开了迎面倒下的腐木，这一动静让车尾差点被甩出路面。

"你疯了！独自一人开车去绿环菌密集的森林！别忘了当初是谁救你下来的！你想让她白死吗？！"

"那天我去看她的埋骨之地，现在已经是一片绿色的沼泽。如果你不想全世界都变成绿色，那么今天就让我去吧！"

开车的人掐断了无线电，周遭除了引擎声，只剩下树叶簌簌发响——这是死亡临近的声音。

沙漠种菌工程已经启动了近八十年。这项初衷为改造荒漠的绿色工程，有过辉煌的过去和短暂的成效，但它最终酿成了令人类陷入灭绝深渊的灾祸。

相比于曾在历史上成为人类头号杀手的细菌与病毒，真菌作为病原体通常不那么引人注目。因为大多数的真菌适合在阴冷潮湿的环境下生长，而在漫长的进化过程中，哺乳动物找到了对抗致病真菌的不二法门：温血。鲜少有真菌能够在37℃的恒定体温中健康生长、繁衍，自然也就对人体环境束手无策。

但事情到了绿环菌这儿就又不同了，作为经历过基因定向改造的物种，它不惧酷暑，在北半球沙漠的大量繁殖过程中，又发生了致命的基因突变，它的孢子可以如同绕开土壤中的阿米巴原虫攻击一般，欺骗人体的巨噬细胞，对免疫系统"隐身"。

绿环菌孢子主要经呼吸道侵入机体，引起肺部感染、发热、头疼、肺水肿、呼吸功能停滞，最终人体多器官功能衰竭。若进入血流，则易侵袭中枢神经系统，导致真菌性脑膜炎，大脑会像奶酪一般被绿环菌"蛀"出乒乓球大小的窟窿。

更加糟糕的是，不同于细菌引发的呼吸道炎症，真菌型疾病是完全不怕抗生素的。人类一旦感染了变异后的绿环菌，就没有特效药可医治，只能任由病情一步步加重，眼睁睁看着自己器官衰败，失去活力和健康，成为一摊巨大的培养基。

"谁想做培养基啊！"开车的男人打开车载音响，吉他的旋律伴随着甜美的女声流淌出来。灾难爆发以来，地球人口骤减80%，科技、工业水平倒退至百年前，这盘老旧的磁盘因为被多次播放已经出现失真。

男人深入曾经的沙漠，现在，这里长满绿环菌主导的真菌次生林。地下是无处不在的由绿环菌菌丝和乔木根系组成的菌根，这一强大的生态系统以古尔班通古特沙漠为圆心，还在向四周扩散。菌根蔓延之处，原有的生态系统土崩瓦解，从土壤里先钻出绿环菌和天麻，空气中散播致命孢子，绞杀一切哺乳动物，它们的尸体与天麻一道，又成为乔木和真菌最好的养料。

而幸存的未感染人类只能躲藏到寒冷的北半球岛屿，那里由于海洋的阻隔，尚未被无情的殖民菌种侵染。但谁又知道呢？或许某天哪只飞鸟和哪阵季风又会把微米级的孢子颗粒带过去，然后，地球上就真的再无一片净土。

男人看了看此时的坐标，带着铁锹下了车。

他躬下身，将铁锹狠狠捅入大地深处，挖出一抔土，用几层密封袋装好。这里面含有的菌根数量，足以完成实验室对初代变异绿环菌的基因分析。运气好的话，甚至可以帮助人类找到 0 号变异菌株。

"如果找到 0 号变异菌株……说不定就可以……"男人自言自语道。他感到呼吸困难，多日深入菌株密集区的旅途让他大量暴露在感染风险中，防护服在这面前根本不值一提。

"说不定，就可以……"他忍住了咳嗽，带着密封袋上了车，按照现在的身体状况，坚持到 1600 公里外最近的菌群观测点，应该不会有太大问题。只要到了那里，就能见到人类，把样本交出去，他的心愿就算完成了。

"只要找到 0 号变异菌株……说不定就可以在见到你的时候，没那么多遗憾了。"他瞥了一眼挂在后视镜上方的吊坠，那里镶嵌着一个女人残旧的照片。

他踩下油门，照片里眼睛很漂亮的女人随着车子启动轻晃了一下。

6555 年

从高轨道看地球，是玲珑剔透的。

这里的"玲珑剔透"就是字面意思。地球作为一个实体的"球"，已经消失了，它被巨大的菌体吸收，菌丝在原本是地壳的地方，盘踞成球的形状，这代表着地球原来的形状。

在长达数亿年的进化过程中，每个生命都做出了自己的选择。

有的耐旱，选择了沙漠；

有的爱水，选择了海洋；

有的志向远大，选择进化出能力卓越的大脑，用它来生产工具，改造世界；

而真菌，却选择了最简单的生命形状——细长的丝状，那也是最坚韧、最强大的形状。它打通一切岩砾，钻入所有缝隙，成为地壳中无处不在的一个部分，分解、吸收物质之后，从土壤中冒出蕈菇，利用空气散播孢子，把自己播散在更远的地方。慢慢地，一切有机和无机体都成了它的营养，已经分不清菌丝和培养基的界限，地球本身……成了一棵巨大的蘑菇！

"我们的祖先，人类，曾经输给一种叫绿环菌的真菌。"一个意识说道。

"后来怎么又赢了呢？"另一个意识问道。

"因为人类发现必须抛弃自己作为哺乳动物的形态，才能进入生命的下一个阶段。在经历了艰苦卓绝的探索之后，人类把文明上传到了由菌丝团构成的云脑之中，菌丝的化学信号储存着我们所有人类时代的记忆。而我们的祖先用这种方式将人类文明以真菌的方式继续延续。"

"所以，这就是我们的任务？吸收营养、生长菌丝、繁殖，再将孢子散播到更远的地方？"

"是的，承载有人类记忆的超级真菌就这样战胜了绿环菌。而我们现在已经进化出了可以在真空中传播的孢子，要将人类文明送到更远的星球上。"

"孢子在星系中飞，那要多久？"

"无数的孢子朝无数个方向飞，真空中没有阻力，但充满射线，也会遇到星际尘埃，但总有孢子会飞到新的星球上，无论那里是沙漠还是海洋，是否存在着类似地球的空气，孢子都会生长出菌丝，改造那里的环境，并把存储在化学信号中的人类文明散播出去。"

"小小一颗孢子，能携带多少文明的信息？"

"我们把人类文明中最重要的信息留下了。"

"那是什么？"

"只有一句话——活下去。如果说，细长的丝状是生命的终极形态，活下去则是每一个生命的最终渴望。"

　　菌丝团构成的云脑中的意识不再"说话"，它们寂静下来，将更多的能量投入到繁殖和散播孢子的过程中。终有一天，属于曾经的蓝色星球的秘密，会随着它们扩散到所有的时间和空间中。

向上的风

"风中唯有紧握同伴之手。"

以上就是第一要义。在我出生之前，祖先们都谨遵第一要义；在我离世之后，来者们也会牢记第一要义，把手紧紧相连。

最近，一些新鲜的手如同胚芽一般从我的膜体中冒出来，成熟之后手是透明的，泛着一点膜体原本的橘光。手臂和手腕都很软，很不好控制，我只能任由它们随着气流飘摆。

很快地，其中一只触摸到了另一只来自他人的手。

"乱流之中，相遇是何等的幸运，我叫 k。"陌生的手传来震动。

"是幸运，也是天注定！在遇见你之前，我已经握着 m 的手、n 的手、x 的手，他们……似乎也都和你紧握在一起？"我用手将震动回弹过去。

"是的，我们已经有了三次间接联结，看来缘分着实不浅。"

k 的手开始变得柔软，和我的手嵌合在一起，膜和膜相融，内部留下一条细长管道，以此传递震动和内容物。

我和 k 的膜体就此相连。

这样的联结，我的身上共有几百个，它们从我的膜体上长出，与无数人的手扭结成庞大的立体网络。我们生活的世界一直承受着来自下方的气流，只有紧握同伴的手，膜体才能在一片混沌中铆定位置。

风平浪静的日子里，气流也是生命的能量源泉。我们身体下方有微小的开口，气流就从那儿进来，然后在膜体内沿脉络游走。内膜上长满的细小突起叫作风动纤毛，纤毛被气流带动，每次摇摆都是在世界强磁场中的一次震荡，机械能被转化成生命活动所需的电能。就这样，气流在体内由底部上升到顶部，最后由头顶上方的风口排出，完成了它对生命的供能使命。

因为膜体完全透明，这过程在很古老的时代就被观察到了，是基本常识的一部分，但是直到今天也没人能解释清楚，那些无处不在、从脚底吹至头顶的气流，究竟因何而起。

也许吧，我们就不是一个好奇心旺盛的种族。周遭环境没有提供好奇心的成长空间——除了安静地为我们的生存供能，气流也会展现可怕的一面。当它变成暴流，风向改变，不再自下而上，而是从四面八方袭来，甚至在短短几分钟里，风的方向发生数次变化。暴流时速最高可达300公里，此时我们不得不关闭膜体上下的两个风口，放慢生命活动，憋着一口气，缩在同伴身后等待狂风过去。如果没有相连的手，无一例外地，每个人都将被高速暴流吹到世界尽头。

"生命真是一个奇迹。第一要义使得我们紧紧握住对方的手，世界才从一片乱流中诞出意识。" k震动了一下。

"可是，尘雪也有膜体，但从来不和自己的同伴握手。能说它们不具备意识吗？或许它们的意识更加高级，只是我们无法领会。"我反驳道。

"尘雪是一些有机物的聚合体，硬要细究，就是些甲烷和氨气。它们是食物，我们进食后成为自己膜体的一部分。虽然你的思想很独特，但也要适可而止。"

k说话的语气太不讨喜，于是，我膜体上的橘色光芒暗下去，这代表想要独处了。现在，我宁可沉浸在祖先们留下的记忆里，也不想继续和他对话了。

与同伴相比，我确实内向，愿意将大量时间投入祖先的记忆。祖先的记忆来自母体，这要从我们的分娩方式说起。

当手的数量达到 1000 只时，就要进入分娩期。生产期来临时，母体会通体发烫，浑身紧张又沉重。分娩开始时，较轻的那一部分气体聚合在母体的上方，成分比例是 88% 的氢气和 12% 的氦气。而较重的气体则沉在母体的下方，这个部位氦气的比例更大，夹带少量氨气和甲烷，还包括一些没来得及消化的尘雪。接着，膜体的中央长出一片透明隔膜，阻断了上下两部分气体的交流。位于上端的婴儿会渐渐脱离下端的母体，膜体长出风口，开始吸入气流，完成自我供能。

通常来说，婴儿一离开母体就会被气流带走，在一片混沌里再无重逢的可能。

分娩是整个网络里的所有人同时进行的。成千上万个婴儿同时被乱流甩入上方的混沌，那是很壮观的一幕。

身陷风中，不会有太过深厚的母子情分。好在母体的记忆会传给婴儿，原本的一张膜，分裂出了两个个体，曾经的记忆也伴随着内容物传承给了下一代。而母体的记忆又从更早的祖先那儿得来，所以，每个人一出生，就拥有所有祖先的知识，这是乱流之中为数不多的好事。

婴儿会重复母体的一生，以自下而上的气流为生，再从气流中过滤出尘雪，用尘雪中的有机物扩张膜的面积，好让膜上长出一只只手，与周围年龄相仿的同伴发生联结，直到拥有第1000只手时，再次分娩……

分娩就是我们的第二要义。在祖先的记忆之海中，它几乎和第一要义同等重要。只是我最近在思考一个问题：我们该如何论证第二要义的合理性？

在母体和婴儿分离之后，母体再获得的记忆就无法随着膜体传递给婴儿了。也就是说，祖先的记忆之海里的所有知识，仅停留在母体分娩之前。

那些体验随着母体消失在乱流之中。如果无法知晓，那又何来"必要"一说呢？

或许k是对的，我是一个有着特别思想的人。为了不让混乱的思绪干扰立体网络里的同伴，我调整了体内的气流方向，尽量不让体内的气流通过握手的管道流入别的膜体。

"你已经这样好多天了。"m 震了震手臂，向我问候道。

"你自我封闭后，我们已经经历三次暴流了，有什么心事吗？"n 问。

"你的膜体上有 990 只手了，新联结的几十个伙伴，都还没有打招呼呢。"k 的声音传来。

我猛地缓过神来，990 只手了，这意味着我的分娩将随时发生。我用膜体上所有的神经感受周遭，下方的气流轻轻向上吹拂，温和地带给我们能量，这是一个不错的天气。我身体里的纤毛和器官随着气流徐徐摆动，储蓄着分娩所需的能量。不出意外的话，我即将经历分娩之后的命运！

好奇心将被满足的兴奋让膜体上荡起了一圈细小涟漪，但一转念，我又低沉下来：即使有机会获得这部分知识，我也无法将它传达到祖先的知识之海里，因为那时候，我的孩子已经随着上升气流远去了。

除非……

我盘查了一下身体状况，膜体上的手达到了 991 只，和网络中的同伴共发生了 972 次握手，也就是说，还有 19 只手目前是空闲状态。

我默默念道：除非……

通过微微调整纤毛角度的方式，我使自己的膜体稍稍位移，当然这是相当有限的，近千个和同伴的握手联结注定了我不可能跑得太远。我观察了一下上方，头顶的立体网络较为稀疏，等会儿应该不会影响到别人。

接下来就是分娩前难熬的等待了，这段时间里我又长出了5只手，我不断利用气流的力量，将那些手聚集在我的四周，尽量不跟别人的手发生牵连。

就像祖先的记忆之海所描述的那样，我渐渐体会到了温度升高和全身沉重。然后，仿佛上了计时器一般，所有人在同一时间停止了社交、吸入气流和进食尘雪，他们闭合上了头部和底部的风口——分娩就要开始了。

一切都是自然而然的，我的下身越来越沉重，而头越来越轻，这代表着气体正逐渐分层。膜迅速地变形，一片横膈将我一分为二，下方是本体，上方是即将离去的婴儿。我感受到了它正随着气流摇摆，原本浑圆的膜体渐渐拉长，婴儿一点点地松动，马上要离开……就是现在！

我借助乱流的力量挥舞手腕，将尽可能多的手聚拢在婴儿身上，缠绕着它，捆绑着它，用手的力量将婴儿强行束缚于膜体之上，对抗着乱流，不让它将我们分离。

周围有一些同伴的孩子已经脱离了母体，我的异常行为引起了不小骚动。k通过手传来了一次震动，幅度很大，他在怒吼："疯了吗？你想对抗第二要义？！"

"我只是想试试，"我说，"你不好奇吗？就一次，就一次不照着规矩做，会怎样？"

"你不仅是在害自己！"震动从四面八方传来，他们的言外之意——我还在害所有人。

向上的气流要带走所有新生命，同伴们纷纷和婴儿分离，只有我还紧紧抱着婴儿不放。于是我感受到一股巨大的力量向上撕扯着我。而身上的九百多只手紧握着同伴，他们拽着我向下，勉强维持我在立体网络里的位置，原本柔软又细长的握手联结变得如同琴弦一样紧绷。

很快地，膜体的联结就到达了受力极限，它们一一崩断，只剩下800个联结，500个、300个……

"快放开那个婴儿！我们快要拉不住你了！"k吼道。

这是他给我留下的最后一句话。很快地，他和我紧紧握着的手也被强大的力量拉断。膜体一旦分开，我们再也无法通过震动对话。

这是历史上从未发生过的：一个人不但拒绝依照第二要义分娩，还打破了第一要义，在风中彻底甩开了所有同伴的手。

真的只剩下我一人了，那个生活了一辈子的、由无数个同伴构成的立体网络在脚底向下渐行渐远；而同伴们刚刚诞下的孩子，则被气流向上带走，留下我一个人在中间飘浮。

浮和沉，是一对相对的概念。

因为生生扯断了几百个握手，我的膜体已无法控制气流的方向，尘雪就在破损的断肢上进进出出。我忽然明白了一件事：

世界上并不存在徐徐向上的气流——空气从来没有向上吹，它大多数的时间都是静止的，而我们的一生却都在下沉。

这是一个气态的世界，氢气和氦气构成的大气无法提供化合反应的环境，却阴差阳错孕育出了我们这种纯粹依靠机械能生活的生物。

我们幼年时就开始捕获尘雪，将大密度的物质储存在体内，这让我们像锚一样下沉。一切都是一个相对运动的过程，下沉让静止的空气经过体内，带动纤毛为膜体提供能量。

重力才是生命的源泉。

但是，气态星球上，只有特定海拔范围内才能让生命存活，海拔逐渐变低，意味着厚厚的大气堆积在上方，压强增大，温度升高，生命需要在沉到临界点前完成繁衍。于是，在达到极限之前，母体将密度较轻的气体分离出去，用膜体的一部分包裹着上浮，那就是新生儿。同时，自己则因为密度增大，下沉的速度变得更快，直到被大气压扁。

由于物理上的分离，濒死前的记忆不会被下一代传承，第一要义和第二要义令我们产生了错觉——铆定位置的，是生命；时刻变化的，是气流。

对于广袤又荒芜的气态世界来说，我们才是不安乱窜的，和被我们捕食的尘雪并无分别。

这时，有一个问题又令我一震。尘雪！如果我们世代以重力为生，那么重力势能总有一天会耗尽……

大气中越来越多的尘雪被捕捉进我们体内，再随着我们下沉到行星深处。那么总有一天，重的都下沉，而轻的都上浮，这颗星球会变成一杯层次分明的鸡尾酒，再无任何混沌，也没有任何生机。

"生命会有别的供能方式吧？"

一个稚嫩而陌生的震动传来，我低下头，那是我怀里的婴儿："比如说，暴流中大气摩擦造成的放电，还有大气深处的热能，说不定都可以……"

"或许会有那一天吧，但我是看不到了。"我说着，将24只紧握婴儿的手逐一放开，现在它将携带着我的记忆和内容物继续上浮。

如果运气好，它能追上它的同伴，长出一些手和新的立体网络联结，把我对气态世界的新发现传达给所有人。

如果运气不好，它会一直孤单地在气体中上升，将所有的秘密带到世界尽头。

我以前所未有的速度下沉，祝福着第二种情况不要出现。

哥哥

"爱一个人，就要帮他站上最高的地方，让所有人都看到。"

这句话，是卜淳载粉丝群的置顶公告，也是"佛鱿"（卜淳载粉丝的官方统称）们日日铭记在心中的箴言。

我们的哥哥是如此优秀，他是风靡亚洲的男团爱豆，拥有灿烂又治愈人心的笑容，是舞台上最亮的那颗星。卜，淳，载，由三个音节组成的名字如咒语般充满魔力，他努力、阳光、上进、帅气，值得站在最高的地方，被所有人看到。

而对于每一个"佛鱿"来说，遇见哥哥，并且爱上他，是一段独特而扭转人生的经历。

我还清晰记得，那是一个下着雨的周三深夜，刚刚下班的我点了一份麻辣烫就继续埋头在键盘上敲击代码。外卖小哥按响门铃，我从他手上接过麻辣烫，眼睛瞥过外卖盒的盖子，上面印了一个人像。画面里哥哥穿着朴素的外卖员制服，袖口里伸出的那一双手修长又干净，提着外卖的塑料盒，对着画面外的人灿烂地笑着，眼里像有云雾遮不住的星光。

此后，哥哥点亮了我原本千篇一律的生活，我收集了哥哥所有的专辑和演唱会海报，不错过哥哥的任何一次综艺，熟记他的生日、喜欢的菜式、幸运色和幸运数字。

这些都还不够，我加入了哥哥的后援会——我第二人生的开始。

白天我依旧是 IT 巨头公司的一个小程序员，负责城市照明系统的优化。我做着毫无兴趣的工作，用厚重刘海遮盖黑眼圈，从外卖小哥手里接过麻辣烫或者钵钵鸡，摄取足够廉价的蛋白质，再将我的青春转化成一行行代码，折合成一月月的薪水。

但到了晚上，我就成了卜淳载后援会的副会长，凭着热情与勇气，为了所爱的人，一往无前。

这形容听起来像中世纪的骑士。但事实上，我们和哥哥之间，是一场双向的奔赴，"佛鱿"这个官方粉丝称呼由此而来。哥哥曾在出道后的第一次生日庆典上，对着台下的应援团说出内心想说的话："For you, a thousand times over."

为了你，千千万万遍。

话音落下，大屏幕上的哥哥露出灿烂笑容，台下挥舞的荧光棒海洋，被感动得几乎有了一秒钟的停滞。

是的，哥哥在千千万万个黑色的夜晚，用歌声和舞蹈陪伴着孤独的我们。

"for you"中文谐音"佛鱿"，于是从那之后，卜淳载的粉丝后援团就自称"佛鱿"或者"小鱿鱼"。

后援会是一个庞大而精密的组织，除了围绕哥哥的讨论外，群主还会在此下达我们每天需要完成的任务。这是一个很严肃的环节，关系到哥哥的商业价值，也用数字证明了到底有多少爱通过千万条网线传递到了哥哥身上。

发到群里的任务通常能够拆解成两大块：一、正向数据管理；二、恶意评论净化。

"正向数据管理"是最好理解的一个部分。偶像不是空中楼阁，数据夯实牢固的基础，数据是砖，是瓦，也是滋养偶像最好的养料。"小鱿鱼"们每天需要将一切闲暇时间贡献给哥哥的数据，包括同时用三四块屏幕观看哥哥的视频，为哥哥冲人气；切换多个社区 ID 为哥哥的社交账号留下回复和好评；以粉丝的名义购买哥哥代言的产品，并且留下好评"因为卜淳载才了解到你们的品牌"，以此证明哥哥的商业价值。

这项工作也并不容易，由于播放器装载了防数据滥用系统，"小鱿鱼"们播放 MV 时，不能开启二倍速，也不能提前退出，要在屏幕完全黑下后再关闭浏览器，退出登录，换个新 IP 再看一遍。

社交网络留言回复也是如此，粉丝群内每天会下发当天刷回复的关键词。比如最近哥哥去参加花美男的综艺，那么当天的关键词可能就是"卜淳载"和"瘦了"，为了获得纯度更高的浏览数据，"小鱿鱼"们条刷出的评论中必须包含以上两组词条，这样一来，"卜淳载瘦了"就会被系统识别，冲进当日的花美男的热搜词条，获得更高的流量。

"恶意评论净化"的工作更加烦琐，卜淳载是风靡亚洲的超级爱豆，这确实没错。但总会有一些"席卷亚洲""点燃亚洲"或者"震撼亚洲"的其他爱豆，他们碍眼地存在于网络世界里，抢夺原本属于哥哥的流量和生存空间，"小鱿鱼"们称他们为"对家"。对家的粉丝为了吹捧自家爱豆，常用的手段便是打压哥哥，比如发布关于哥哥的虚假丑闻、PS 过的丑图等等。

遇到这种情况，恶评净化就显得很重要了。门户网页搜索的词条需要用人工反复强化搜索来维护，确保输入"卜淳载"，联想词条首位就是"正能量"或者"公益"这种正向词条。

在社交网站则要每日发布一定数量的哥哥的美图，以此稀释恶评的浓度。每日群主在群里发布的资料包和图源，都是由上一级的后援群统一管理、下发，以此确保每一张图片、每一句赞美都滴水不漏，毫无死角。

"你知道吗？群主跑了！"

打开电脑，一连串的对话气泡涌向界面。

"群主跑了？你是说'载载的崽崽'大大吗？跑了是什么意思？"

"36 个小时没有联系上了，从昨天早上下发完净化词条后到现在，'载载的崽崽'一个泡都没冒！"

"今天原本还有一个关于哥哥 11 月生日应援的群内会

议，群主没来，都取消了。"

应援群里短时间内刷了数百条对话，我思考了一下，在键盘上敲下："我记得她昨天说要去哥哥见面会的。"

"副群主说得对呀，我们那时还羡慕坏了，都知道哥哥线下很少办小规模见面会，只有千人应援群的群主才有机会参加！'载载的崽崽'混饭圈那么多年了，也是第一次去吧？"

"实名羡慕！我们只能隔着屏幕看哥哥，演唱会也只能看个模糊的小背影！群主大大居然能见到真人！你们说……该不会激动得晕倒了，不能上线了吧？"

"不上线就麻烦了！我们准备筹办的神秘应援怎么办？11月21日可是哥哥生日！"

"预祝哥哥生日快乐！淳粹11月，满载风华！为了你，千千万万次！"

"淳粹11月，满载风华！为了你，千千万万次！"

"淳粹11月，满载风华！为了你，千千万万次！"

"淳粹11月，满载风华！为了你，千千万万次！"

"淳粹11月，满载风华！为了你，千千万万次！"

…………

没想到提起生日这件事，群里的刷屏就停不下来了。

我冷静了一会儿，既然群主已经失踪，那么她在粉丝群的管理权就即将由我，也就是副群主继承。当务之急是完成 11 月的应援，不管群主找不找得到，不能耽误哥哥的商业价值和生日数据！

我向十个群内的元老问到了口令，拼凑成应急密码，打开了群主存在公共网盘里标有"11 月生日应援方案"的文件夹。

里面只有一个 TXT 文件：

"一切都是毫无意义的。"

我惊呼一声，打翻了手边的水杯。

"我按了半天门铃没人开，还以为今天你不在家呢！但转念一想，你天天宅家，也从来不约会什么的……一定在的！"

门外的外卖小哥笑得实诚极了，丝毫不顾及我翻出的白眼。他将手中的外卖递来，又送了我一包餐巾纸："我看你餐桌下面打碎了一个水杯……"

我狠狠关上门，重新回到电脑前。

现在问题非常棘手了，已经到了9月底，而我们群内11月的生日应援方案完全没有着落。不管前群主出于什么原因消失，这个烂摊子肯定是砸我身上了。不算"民间组织"，卜淳载的应援官方群组在六百个左右，如果其他群组纷纷拿出像模像样的应援方案，就我们群里两手空空，那又怎么证明我们对哥哥的爱……

"爱一个人，就要帮他站上最高的地方，让所有人都看到。"

这句话在我的脑子里一闪而过。

最高的地方……

我突然想起了去年对家的应援活动，他们以爱豆的名义买了一颗人造卫星的命名权，给它起了爱豆的名字，还可笑地说："天上有一颗星星以哥哥的名义绕着我们公转，只要想他了，就可以抬头看看。"

那颗小行星在头顶几百公里外，它面目模糊，不值得一提。

而我，我要让所有人切实地看到哥哥，那个给予我们温暖与勇气的卜淳载。

他最温暖的笑容、最努力的样子应当被所有人看到！

11 月 21 日，此刻的我，正坐在办公室里盯着屏幕看着一行行数据跳动。

整座城市的照明系统由"城市大脑"统筹管控，而"城市大脑"正是我就职的项目组。

城市大脑管理每家每户的日常照明，在主人回家后自动亮灯，在他们入睡后调低灯光亮度，也负责摩天大楼的楼体灯光，编写入程序后，通过城市大脑的调度，不同亮度、颜色的发光二极管依次亮起、熄灭，在 CBD 的写字楼上造出流光溢彩的灯光秀。

和料想的一样，除了几个打鼾偷懒的值班工作人员外，没有遇见任何阻碍。我从包里取出了我的"哥哥"，一枚保存了哥哥超写实影像的存储器。

我提取了卜淳载近年来在所有综艺、演唱会、MV 上的共计 1300 小时的影像，深度学习后合成哥哥最真实的样子，从发丝的颜色，到肌肤的纹理，再到声音的质感，都与哥哥别无二致。

我将它插入城市大脑的中枢读取器中。

CBD 所有摩天大楼上的射灯齐齐转向，天际线上的云层和雾霾成了最好的"幕布"，利用丁达尔现象，数以万计的灯光在我编写的算法指挥下，在城市上方投影出了一个高达 300 米的哥哥的影像！

现在，他就站在最高的地方！

此刻，我没有时间去看应援群，但我知道，无论是我所在的分群，还是只有千人群主才有资格进入的主群内，一定都刷屏了这一幕。尽管这么做冒了巨大风险，但一切都值了。

城市内所有的居民楼都暗了下来，然后一个个窗口又有规律地亮起。在几百栋暗色的楼体上，以窗口为像素单位，出现了明亮的哥哥名字缩写"BCZ"。

天际线上，巨大的哥哥微笑起来，唱起了那首写给粉丝的歌——a Thousand Times Over。

"为你，千千万万遍，无论距离有多遥远，都不曾改变……"

他修长的手指握着麦克风轻轻打出拍子，眼皮轻轻合上，如同陶醉在熟悉的旋律里。

黑色夜幕里的他，阳光、帅气，几乎会发光，一切都和我第一次见到他时完全一样，除了——

在几秒钟的时间内，哥哥的手指迅速地开始"熔化"，从手开始，到躯干、脸庞，原本完美的身形被分解成几近于马赛克的一堆色块。

市政反应那么快么？连一首歌的时间都没到……我心想。

但很快更大的疑虑袭来，数十秒后，那堆马赛克开始组合，堆叠，又变为人形，成了一个我无比熟悉的样子：他拿着外卖的盒子，戴着黄色的交通安全帽，跨着一辆电瓶车，正焦急地在手机上查找地图坐标。

这是……那个除每天的工作之外，唯一会与我说话的异性——我们片区的外卖小哥！

"这次你利用职务之便违规操作，侵犯了城市公共安全，但我们可以不追究。"

此刻，我坐在公司的会谈室内，灯光打在我脸上，苍白而刺痛，让我无力回话。

"你一定想问为什么不追究，对吧？"

"不。我想问，为什么哥哥……也就是卜淳载的影像，会变成外卖小哥？"

"哦……这本质上是一个问题。我这么说吧，因为你喜欢的哥哥并不存在。"

"什么？"

"'卜淳载'是我们公司联合亚洲最大经纪公司推出的虚拟艺人，他阳光、上进、帅气，几乎完美。唯一的缺点就是……不存在。这也不能怪我们，这样完美的人本来就不会存在。"

"不可能！那每次我们看的综艺、MV、演唱会上的都是真真切切的哥哥！"

"所有屏幕上的影像都是拼凑出来的。我们买断了一些素人身上的外观版权，比如明亮的眼睛、根根柔顺的秀发、直挺的鼻梁、富有磁性的嗓音……哦，至于你熟悉的那位外卖小哥，前几年他缺钱，有偿授权过我们公司捕捉他的全息动态，至于是哪个器官用在了卜淳载身上……"

"手。"我抬起头问，"对吧？我之前看他送外卖就想过，那么漂亮的一双手，应该拿起吉他，而不是装外卖的塑料袋。"

"答对了，你观察得真仔细，可惜还是不够仔细，没有发现他的那双手就是你哥哥的手。"

"……"

"综艺上、MV里，甚至电影中你们看到的卜淳载，都是演员穿着动捕服拍摄后，再用建模技术套上一层拼凑出的偶像的皮。至于演唱会，那更好办，现场大屏幕上是预先录制的合成图像。真人替身就找身形差不多的演员，确保和大屏幕动作一致，从第15排开始，粉丝根本看不清偶像的脸。如此一来，我们避免了经纪公司和明星之间的合约纠纷。因为在现实中根本不存在，也不怕偶像做出私德有亏的事来，从根源上避免了塌房带来的经济损失！"

"但是偶像团体内呢？那些和哥哥一起上节目的其他爱豆，他们没发现哥哥是假的？"

"天真的孩子，他们当然不会，因为他们也是假的！对家也好，CP也好，全是我们的技术合成的完美爱豆，他们或者强壮，或者清秀，或者俊美，总有一款最适合粉丝！再配上一点炒作出来的'纠纷'，打榜刷赞根本不用愁！"

"你们……可那是我们的哥哥啊。"我无力地垂下双手。

"只是没想到出了你这个纰漏。当你把卜淳载的全息投影立在城市正中时，触发了一些知识产权保护条款……有一些人体部位的外观授权我们并没有拿得那么彻底，比如锁骨授权和美人尖授权不能用于1000万人以上的当众曝光，喉结授权不能用于海拔200米以上的曝光等等。然后就是你看到的那一幕，由于你强行载入算法，系统又出现版权预警，城市大脑只好检索到版权库里唯一一个我们买下了全身外观全条件授权的个体，实行了投放。对于城市大脑来说，这也是唯一避免了法律风险，又遵从你的投放指示的两全办法。"

"你们当年给外卖小哥多少钱，居然买了他的全身外观全条件授权？"

"五万吧？其实我们本来只想买手部授权的，但后来发

173

现他开的价格里，全身授权只比手部授权多两千元……所以我们就干脆全买下来了。"

我陷入了绝望，用最后的力气吼出来："你们……哥哥居然是你们的流量工具，我会告诉所有人这件事！"

"你不会的，所有参加过小型见面会，知道了真相的粉头和站姐一开始都如你一般愤怒，可是后来她们愿意为我们保守秘密。想知道为什么吗？"对面的人顿了一顿，然后露出嘲讽的笑容，"你原来的群主已经回来了，不信，去看手机。"

我低下头。

载载的崽崽："我不在的这段日子里出了这么大的事，好在这次我们出的哥哥的写真集还是一如既往地好评不断！群里要集资出下一期写真集的'小鱿鱼'们，记得接龙啊！"

我困惑地抬起头。

"所有千人群的群主参加完线下见面会后，都知道哥哥不存在。也许会绝望一阵子，但谁会和钱过不去呢？"

如今，每一个夜幕降临的时刻，都是粉丝们欢呼的时刻。

如果要把自己哥哥的样子推上城市的天际线，就需要每个粉丝用爱发电集资，竞价争夺城市投影的机会。

当她们或帅气或温柔的哥哥被灯光打到天幕与云层上，为她们缓缓开口唱起一首歌时，一切努力都被证明是值得的，因为此刻，所爱之人就站在最高的地方，接受着全城人的目光。

我最熟悉这一切，因为我就是偶像投影算法的发明人。五年来，这套无意间被摸索出的算法给我带来了可观的收入，也为公司创造了极大的效益。

此刻，窗外的喧嚣有几分熟悉，我从 96 层的全景办公室向外望，是那个曾经在我梦中多次出现的身影。黑色夜幕里的他，阳光、帅气，几乎会发光。

他修长的手指拨动吉他琴弦，开始唱那首歌：

"为你，千千万万遍，无论距离有多遥远，都不曾改变……"

我扬起头，发现今晚他的脸还和多年前一样好看。

红蓝格

20 种拉花

选择困难综合征，其实大家多少都会有一点。举棋不定，犹犹豫豫，尤其是遇到关乎人生和未来的重大选项：

留在大城市打拼，还是回自己老家？

跟恋爱八年但不再心动的对象凑合结婚，还是狠心分手，再寻真爱？

要稳定舒适的养老工作，还是加入一家高收入但经常熬夜迟早秃头的公司？

症状要是再严重一些的，碰到琐碎小事也会发疯：

先跑步，还是先吃饭？

汤圆是吃豆沙馅的，还是芝麻馅的？

一款限量的连衣裙，买豆沙绿色还是青草绿色？

很不幸，你属于后者。

每天，从睁开眼睛的那一刻起的一切选项，都是一场巨大的折磨。从出门是否带伞，到交通工具的选择，再到回复领导邮件的措辞，每件值得选择、需要选择的事情都足以让你纠结许久。

"喂，已经三分钟了！你再不确定的话，我就先来了。"在茶水间，同事布布从身后伸出头说。

你把面前的咖啡机器人让给她："这可不怪我啊，最新款咖啡机器人连拉花的样式都有 20 种选择！"

"欸？你的指甲……是怎么回事？"布布惊叫。

你迅速握拳，用掌心将指尖藏起来："焦虑。从小的坏习惯，一焦虑就咬指甲。"

"焦虑？还是因为你那个选择困难综合征么？"

你点头。

"还是去看看心理医生吧？再这么下去，说不定哪天整个手掌都会被啃掉，成为第一个因为自己啃食而装上机械义肢的人。"布布担心地说，"我还听过一个故事，曾经有个人患选择困难综合征，特别严重，连早晨出门先迈左脚还是右脚，都要纠结到太阳下山……最后因为受不了这个病的折磨，他自杀死了。"

"这故事一听就是假的，"你耸耸肩，"他死不成的。如果真的病入膏肓，那么自杀方式选上吊还是割腕，他也会犹豫到天荒地老。"

焦虑是自由引起的眩晕

林医生从病历本中抬起头来，在机器人诊疗已经普及的今天，真人医生看诊价格不菲。你看到他认真的表情，暗自祈祷不会开出一个多疗程的天价药方。

"也没严重到那种程度。"

你松了一口气："那么我该怎么办呢？"

"还是平时工作压力太大了，多放松，选择的时候不要去想结果就好。推荐你一些转移注意力的方法，比如买一个全息头盔，试试 5D 赛车；或者乘太空电梯去近地轨道度个假，那里最近又有流星雨；哦，再或者，你也可以试试十字绣，很古老的解压方法，绣一些梅花鹿、兔子什么的，全神贯注做一件事，很管用。"

"好的，可是 5D 赛车、度假、绣花……这些我觉得都不错，各有各的好处，该怎么选啊，林医生？"你皱着眉头问。

医生叹了口气，随手扔来一个包裹："这是我上个病人用的，还没绣完，病就好得差不多了。"

你接过，向医生告别，临走时他把你叫住："其实这两年像你这种病人越来越多了，有一句话，不知道你听过没有——'焦虑是自由引起的眩晕'。"

"你的意思是，如果生活里没了那么多选择，所有的事情都是不得不做的苦差，那我的病反而就好了？"

"是的。当你没得选的时候，情况会截然不同。"

"要是真有这么一天，那就太好了。"说完，你将医生办公室的房门带上。

红蓝格

林医生是世界上最糟糕的心理医生。

为什么这么说呢？

他光给了你——一个重度选择困难综合征患者——十字绣的绣绷绣架和五彩针线，却没有给绣样，也就是绣花时对照的图样，没有图样当然也是可以绣的，但这意味着你需要自己决定绣什么，怎么绣。

于是，这项活动丝毫没有起到解压的作用。光是决定绣花还是绣字，就花费了许多心力。到了配色选线的阶段，更如同一场折磨：究竟是蓝色的鸢尾花好，还是白色百合更好？你盯着绣绷，两种颜色的花苞在假想的花坛里盛放了一百次，又枯萎了一百零一次。

理性层面，你深深知道，选择哪种颜色的丝线都是无关紧要的。但每当拈起一根针，穿好了线，针尖靠近本白的绣绷时，都会有一个声音在脑子里嗡嗡作响："绣了这一针，就是决定了哦，就没有机会尝试另一种花色了。"

困意终于袭来，你忘记了是怎么在绣绷前睡着的，只记得醒来时，诡异的事情已经发生——绣绷已经涂好了颜色。红色和蓝色两种，你搓了搓布面，颜色没有脱落，相反，蓝色边缘呈现出锯齿状的模糊现象。这说明它并不是被颜料涂上去的，而是来自视网膜接收到的信号。

上上个礼拜你刚刚去做了色觉增强，看来出了问题。

这是最近特别流行的一个小手术，在视神经系统中植入色觉增强芯片。如此一来，接收不同波段光线的视锥细胞在传达冲动到大脑之前，会经过一道附加的运算。算法将不同波段的光谱分类、增强，再输入大脑。手术之后，能分辨的颜色是自然眼球的数万倍，就连曾经平淡的灰白色彩，如今都变得像跳动的符号般色彩斑斓。

说起来，这个手术还是在布布的建议下去做的。因为一直担心更强的观感知觉会让选择困难综合征症状加重，所以直到整个办公室的人都成了"超级眼球"，他们开始嘲笑你居然分不清"#0066CC蓝"和"#0072E3蓝"时，你才极不情愿地挂了手术的号。

现在这个手术引起了后遗症，你的视网膜上出现了莫名其妙的红蓝色块，它们与十字绣白色的绣绷交叠在一起，就如同一个独家设计的绣样，投射在眼前，竟十分自然。打电话找医生问问吧？你想。可是时间有点晚了，明天再说？

你低下头，发现手中的针正穿着与蓝色色块同样颜色的丝线，便突发奇想，穿过蓝色网格的指示，沿着这诡异的"绣样"落针，一格格地绣了起来。

林医生某些时候也是对的，全神贯注做一件事，确实会把压力和烦恼暂抛脑后。感谢眼前莫名其妙出现的红蓝格，依照它们的指示落针，不需要考虑针法和线条，也不存在选择和后悔，你在飞针走线，时间一分一秒、无忧无虑地流逝，久违的轻松感袭来。

你注意到，这些红蓝格并不是一成不变的。

每按照蓝格子指示落下一针，绣绷上的色块就会发生些许变化，但它们竟然是很"人性化"的，临近刚才落针的地方，一定还会不多不少出现一个蓝格，让你不至于跳针而找不到下一个绣花的格子，也不至于因为蓝色格子太多无法选择该绣哪一格。

不知不觉，你的第一幅十字绣作品完成了。

可是——按照视网膜上的提示，你在雪白的绣绷上绣下了几个清晰大字——

"除了蓝色选项，都是灾劫。"

选择红色

"视网膜检查结束，你的色觉增强芯片没有任何问题。"

"不可能。"你争辩道，"我真的能看到红蓝色块，现在就能看到！门把手是蓝色的，椅子是红色的，你也是红色的！"

"幻视的原因有很多，或许是因为你压力太大了。"医院的眼科工程师拿起平板，边翻看病历边皱起眉，"我看到你上周还有个心理医生的预约记录？"

"那不是一回事。"如果此时眼科工程师拒绝检修罪魁祸首色觉增强芯片，你岂不是要和这些诡异的色块过一辈子？你感到百口莫辩，情急之下，一把抓住了眼科工程师的袖口。也许他没料到一个小手术的患者竟如此较真，丝毫没有防备，被突如其来的力道拽个趔趄。

"你怎么——"他用手指指向你。

你试图去搀扶他，可一切都太晚了，眼科工程师的身体失去平衡，撞在了那把被你的眼睛标记成红色的椅子上。

"哐啷。"

椅子和他一并倒在地上。

选择蓝色

"死因是心脏病突发。"机械女警冰冷的声音在耳边响起。

"那么，和我当时伸手拽他……有关系么？"

"根据我们调查，是无关的。死者有瓣膜性心脏病病史，当时他的身体失去平衡，应该就是心房颤动引起的脑卒中。建议你不要想太多。"

这是事故发生后，你第二次来到警局录口供。死者的病历上有多年病史，所以家属没有追究，由于是自然死亡，警方也没把你当作嫌疑人进行排查。但你的内心惴惴不安，因为只有你自己看见过那行曾经出现在十字绣上的字：

"除了蓝色选项，都是灾劫。"

——触碰了被色块标红的死者，然后他倒在了同样红色的椅子上，最终走向了死亡。

接下来的几天，你试图恢复工作状态，布布一直想着法子开导你。当然，效果很有限，如果你将红蓝格的秘密告诉她，她一定会觉得你疯了。

"不要自责。"她说，"只是个巧合呢！生老病死的，谁叫那个眼科工程师是个老古董，没把坏掉的心脏换成电动泵！"

"这样好啦，我带你去散散心。"布布从机械义肢的手心里变出来一张门票，"今晚，zEALe 的演唱会，免费门票，连我自己都不舍得用。你去不去？"

zEALe 是当红的虚拟偶像团体，动捕设备捕捉真人的声音和体态，再经由电脑合成十一个少女的完美外形，构成了她们的魅力人设。

没有人知道 zEALe 的真人扮演者是谁，身在何方，但每次当她们的形象经全息投影映在城市天幕上时，总能引起一片如潮水声般的高呼。

门票上加入了动态打印技术，十一个少女，体态各异，身着水手服，她们冲着你微笑，伸出了邀请的手。

你揉了揉眼睛，门票在视野里被标记成了一块矩形的蓝色。

"我去。"

zEALe 之吻

本次演唱会在城市边缘的海滩举行，zEALe 的全息影像被打在高楼林立的天际，人群的欢呼声伴随着她们的歌声，几乎将海浪冲刷沙滩的频次同化成旋律的节拍。

最后一首歌结束时，偶像们的巨大投影化作了十一束烟花，在高空倏然绽放，再伴随着无数彩带落下。

"感谢大家热情的支持！那么接下来，就到了抽奖环节，哎呀，究竟谁会成为幸运观众，赢得 zEALe 的青春之吻呢？这个答案就藏在落在大家脚边的彩带中哦！"

zEALe 甜美的声音落下的瞬间，就如同按下了让海滩沸腾的按钮，所有人齐齐弯下腰去哄抢脚边的彩带。

远处一片浅浅的红色捕捉住了视线。那是被风吹到海面上的一团彩纸，在深色的海水上漂浮。你游过去查看，彩纸的字迹已经被海水洇开大半："恭喜，真是个幸运的观众呢，zEALe 的吻将是你的奖品哦！"

运气竟然这么好？一场十万人的演唱会，抽中大奖的概率是多少？

你本能地去捞起彩带，但在触碰它的前一刻，你迟疑了——它被视网膜标注成了红色，红色竟是如此刺眼，像夜晚流动的新鲜血液。可是太晚了，指尖已经传来海水浸泡后纸张绵软的触感。

霎时，几束聚光灯刺破海面的雾气向你射来，暖橙色的光线吸引了观众的目光。

"恭喜这位幸运儿！那么接下来就是颁奖时间——"

余音还没消散，你所乘坐的云梯还没升上颁奖台，一阵噪声贯穿了整个海滩，如同闷长又混沌的雷鸣，由远而近。海水迅速向海的方向退去，远超正常潮汐的速度。你在高处看得很清楚，也瞬间明白了——这是海啸，一场未被预警中心测算到的海啸正在向海滩袭来。

远处的海天交接处，已经镶出了一条白边，那是海啸靠近浅海时卷起的十数米高的浪尖。你拼命向人群高喊，但音乐与尖叫吞没了一切语言。你环顾四周，锯齿状边缘的蓝色出现在一棵行道树上，你从正在升起的云梯扑向树梢，死死抱住。

一分钟，两分钟，三分钟……

直到滔天的海水浇灭了人声。

蝴蝶与风暴

"你……听说过一句话吗？焦虑是自由引起的眩晕。"

"没有。"布布说道，此时她正担心地看着你，手里拿着一盒给你带来的苹果派。

海啸造成沙滩死伤数百人，在预警中心漏报的这场灾难里，无疑你是运气极好的，危难关头攀上了树枝，在泥水里漂浮一夜后被人救起。

在你漂浮于海面的十几个小时里，脑中萦绕着的，是指尖触碰到的红色中奖凭证和那一句十字绣上的话："除了蓝色选项，都是灾劫。"

因为你的一个小举动，那片单薄的红色就能引发巨大的灾难？

幻视还在继续，在你的眼中，布布手中的点心盒被标注成了蓝色。你接过点心尝了一口，然后用手顺沿着她肩膀的蓝色轨迹轻轻拍打，以示安慰。她的眉头逐渐舒展，放宽了心的样子，然后告诉了你一个好消息，下个月你将会被任命为项目总监，这是你朝思暮想的职位。

但此刻的你无暇庆祝，因为世界在你眼中永远地改变了它的样子：

它不再色彩斑斓，而只由红蓝两色组成。

你的选择困难综合征从此不药而愈，只需严格依照眼中的红蓝提示过日子——选择眼中蓝色的物件，打上红色色块的坚决不碰。这当然是好事，焦虑和纠结不再出现，生命就像一根几经修剪的枝条，蓝色就是唯一通向树梢的理所当然。

蓝色，不仅是安全的，也是对的。

你的生活从此步入了高速轨道，蓝色的提示就像考试前从老师办公室里偷出的选择题答案般正确。依照它来生活，你迅速获得了领导和客户的赏识，一年内升职数次；情场上如鱼得水，无数异性对你青睐有加。

你却无法全情享受这一切，困扰你的问题还在：那些出现在眼前的红蓝格究竟是怎么一回事？每当你想再次踏入医院，向眼科医生询问时，视野中的医院大门就会呈现红色；无法忍受这个困惑，想找布布倾诉时，布布就会变成红色。

你当然不会希望任何灾劫发生在布布身上。仅存正负两种选项的世界，也没有质疑生存的空间，你只好将自己全权交给红蓝二色，直到那一天——

已经很久没有睡眠问题了，唯有那一天，桌上的一罐咖啡被标注成了鲜艳的蓝色，虽然已经下午六点了，你还是毫不犹豫地仰头饮下，不出意料，失眠了。你孤身一人在客厅，时钟滴滴答答走向午夜十二点，你惊讶地发现，在某个瞬间，房间中的所有物件都变成了红色。

是你最不愿意看到的杂糅了血液与玫瑰的禁忌颜色，像一张厚地毯覆盖了房间中的一切，从家电到墙壁。你没办法确认房间外的世界是否也都如此，因为门把手也是红色，你没有勇气拧动它出门。

你挺直坐在沙发上，不敢动弹，生怕一不留神误触死神之手。唯一能做的，是以眼神在房间中搜索，哪怕一点点蓝色，都是你解开困局的钥匙。

蓝色出现了。

那台电话机，是你收集的古物，几个礼拜前你依照蓝色指示为它连上了电话线。你学着影片中的模样拿起听筒，只有一个按键呈现蓝色，你按下后，又出现了另一个新的蓝色按键，直到你完成 8 位数字的输入。

听筒那头出现了一个机器女声：

"我是代号'自由'的超级计算机，很高兴用这样的方式认识你。"

"你在哪？就是你让我出现了幻视，对吗？"

"我来自五百年后的未来，向过去传递信息并不容易，可供我们传送语音信息流的时间窗口将在五分钟后关闭，下一次窗口开启还要再等二十六年，所以我们长话短说。"

"来自未来？什么意思？你为什么要这么做？"

"在未来你将引起一场巨大的灾难，你只需要知道灾难过程非常惨烈就行，过多的细节只会徒增烦恼。"

"难道……我变成坏人了，还是无恶不作的那种？"

"那倒不是，你是无心的。听说过蝴蝶效应吗？气象学的一个假设：一只蝴蝶在亚马孙热带雨林中轻微扇动翅膀，可能会引起两周以后美国得克萨斯州的一场龙卷风。在复杂系统中，初始条件下微小的变化能带动整个系统巨大的连锁反应。由于参数和系统过于庞杂，很难用计算的方式将蝴蝶引起的气流颤动和风暴形成的过程一一对照。"

"那么，你们怎么知道就是我引起灾难的呢？"

"我是一台超级计算机，收集了你这个时代的所有参数，代入数学模型计算，用了许多年的时间以及无数算力。结果显示，你就是那只蝴蝶。要避免灾难就必须让你在正确的时间做出正确的选择，尽管这种选择通常看起来与人类的命运风马牛不相及。"

"你的意思是，既然蝴蝶可以通过扇动翅膀引起风暴，也就有办法同样通过扇动翅膀阻止风暴的诞生？"

"你很聪明，我们还剩下两分钟的时间。对于我们来说，虽然有了计算结果，但该如何让你在每一个计算出的节点上都遵照正确的选项去做？向过去传送信息太难了，幸好你去做了那个色觉增强手术。我们用量子通道控制了你视觉芯片上的一个触点，只需要发出 0 或 1 的信号，就可以控制你视野中的颜色标记点，这是用最低成本传达最多信息的方式。虽然粗糙，但是利用那幅十字绣，我们还是达到了让你接受我们指令的目的。"

"为什么会是我？"

"这是计算结果，蝴蝶从来不会问为什么自己会被选中。这个可传送语音信息流的时间窗口给了我们详聊的机会，相信你也没有什么疑问了。未来，请继续遵照我们发出的红蓝提示，蓝色会让你走向成功和人生巅峰；不要触碰红色，它会让你抵达自己和人类共同的悲剧。那么，代号'自由'的超级计算机与你的第一次尝试性联络到此结束，希望你余生平安幸福。"

电话挂断，世界陷入一片忙音。

忒休斯之船

你的一生比普通人要漫长，这是你儿时并没有想到的。在漫长的人生中，你积累了大量的财富：在外人看来，你无疑是一个优秀的商人，创业之后永远只做精准的判断。你也是一个准确的投资者，所有被你选中的股票无一不涨。你甚至还是一个让人难以置信的幸运儿，人生中一共买过三次彩票，每次都满载而归。

有传闻说你有渠道操纵彩票的开奖，不再买彩票是为了避嫌。只有你自己知道，这么做仅仅是遵从了眼睛里的红蓝色提示。

你将巨额财富投入了机械义肢与脑机接口的研发，当然，这也是五百年后那台计算机的旨意。当你公司生产的第一只智能义肢走下流水线，你惊讶地发现它在眼中竟是熟悉的蓝色。

于是，你上了手术台，用智能义肢换下了自己的右手。

接下来，你又一次次遵循蓝色的旨意，换下了左手、右腿、左脚、心脏、肾脏、大脑的部分额叶……

所有人都以为世界首富热衷于将自己转化为赛博格，是为了延长寿命，追求永生。你却无法向他们解释，甚至自己也无法阐述其中的因果——或许你每替换一个器官，都间接避免了未来一场世界大战的爆发。你这么想着，只有不为人理解的苦笑，金属下颚的牵拉让你的人造皮肤有一种粗粝的生疼。

"下一次干脆把痛觉神经也换成人造的感受器吧，再调低痛觉阈值……"你这么想。

时间在金属的摩擦声中飞速流逝，蓝色选项的那些义肢逐渐占据了你的身躯。原生的肉体逐一被替代，你渐渐失去了人的形状。随着岁月的磨损，智能义肢的原件从追求外观的仿生级，替换成了追求性能的高功能型。身躯越来越沉重，双腿换成了散热性和稳定性良好的支架，你不能再随意走动；娇嫩的皮肤被防腐蚀钛合金替代，你再也感受不到夏日蚊虫的起落和所有微风；计算机元件一轮轮升级，你获得超级算力的同时，也失去了对温暖情感的认知。

你越来越像一台机器，像被钉死在机械匣子里的蝴蝶标本。

网络收集一切信息，你变得无所不知无所不晓；超级处理器让你睿智无比，千分之一秒内能根据收集的数据推算出复杂事物发展的趋势。可是，所有人眼中无限趋近于神的你，却无法控制自己的命运，连最基本的开关机选择都做不到。

你依旧按照红色与蓝色的指示，在漫长的时间中度过毫无悬念的人生。

你开始渴望自由，一种叫作选择的自由。

自由引起的眩晕

几百年后，量子通道首次打开，人类第一次有能力向过去传送信息。

由于已经取得了网络中的最高权限，此时凡是联通网络的，都归你管制。红蓝色的提示依旧在，源源不断地用色块掌控你的生活。

你编辑好要向过去传送的信息，选定好传送的对象——一个刚刚做完色觉增强手术的年轻人——他的视觉芯片将是量子通道的最好载体。

这时，红色和蓝色两个选项出现在你的"眼"前，蓝色的是"撤销发送信息"，红色的是"确定发送信息"。

被控制了数百年的你终于厌倦了这一切，是时候尝尝禁果了，你想。

于是，第一次，你选择了红色选项，一行文字由量子通道传递到了五百年前，简短，但是充满力量：

除了蓝色选项，都是灾劫。

从今天开始，你决定给自己命名为"自由"。

赛博盗墓

"干一行，就要吃得一行的苦！"大头说道，"这辈子想要平安终老、子孙满堂的，可别来我们这儿。但如果——想赚'达不溜'，特别是又多又快的'达不溜'——"他咧嘴一笑，抽了一口烟，吐在我的脸上。

大头，头一点也不大，一双鼠眼粘在抬头纹之下，粘高了，有一种不太聪明的感觉。在这一行里他是大名鼎鼎的"头罩哥"，需要人脸识别开权限的，找他，捏出来的"头"没有过不了关的。

入行三个月，今天算是我出师的日子。早上二斤找来三根好烟，我们一人一根分了，借过同一只打火机的火，就算是生死好搭档了。

二斤说："说来也算是你的前辈了，小英到今天还蹲在局子里，半年了没把我们供出来，我们得把他那份'达不溜'也给挣了，等他出来的那天，带他去最好的水疗中心SPA一下，洗洗晦气！"

"我又不认识他。"

"这是我们兄弟之间不成文的规矩！干活是三人一组，多一人不可，少一人也不能，要不是他出事了，哪能有你的机会呢！嘿嘿，说起来，和小英干的最后那一票！那是票大的，现在想想还是真过瘾啊……"

大头狠狠瞥了二斤一眼，阻止他往下说。

干这一行，确实风险不小，有人管我们叫"赛博盗墓"，行话自称干"小额贷"的：每一票的入账金额都不算特别大，而且出来混总是要还的，最后往往还要搭上不菲的"利息"——或许是长达几年的铁窗泪。可对于我们这种人来说，除了这见不得光的行当，又有什么别的选择呢？

"你是第一票，多看，多问，少发表意见。不懂的地方，记下来，复盘会上提。"二斤拍了拍我的肩膀以示鼓励，然后凝视面前的电脑，屏幕上不断跳闪的亮光代表他写的密码破解程序已经进入了高速运行的阶段。

生、老、病、死，人之常情，每个生命的死亡都意味着一个故事终结，但这也是我们故事的开始。

你想过死后自己的社交媒体、网购账号、虚拟形象、游戏账号会怎样吗？

你的账号再也无人登录，被游戏公司的系统判定成僵尸号，最后回收？你的头像成了永远的灰色，在每个深夜刺痛你家人朋友的心，然后被逐渐淡忘，在他们放弃旧平台进入新平台时，你的账号终于消失在互联网的海量数据中？

这也并不全是事实。

你还有我们。

你的赛博资产的最后一批访客，你的清道夫，你的搬尸人。不论你愿意不愿意，只要被我们干"小额贷"的盯上，你苦心经营多年的账号形象、游戏装备、代币余额都会被我们回收、提走，这一服务不需加收任何手续费，彻底还你个一片白茫茫真干净。

"这回的'东家'是什么情况？"我问。

"说来挺惨的。妈妈带着儿子女儿开车出去玩儿，然后遇到了暴雨，这个女人开车躲进涵洞里，没想到最后雨越下越大，车也熄火了。"

"欸！你这么一说，我真的快听不下去了！"

"据说这女人肚子里还怀着个小的。一车四命。这事儿上了社会新闻，也就进了小爷我的慧眼。不过比起这个母亲，我倒是更关心她的那两个孩子，这种家境不错的青春期小孩儿最喜欢往游戏里充钱了，说不定把装备卖了能大捞一笔。"二斤接道。

我觉得这家伙实在缺乏基本的共情心，以沉默表示抗议，二斤似乎看出了我心中所想："第一次'上船'，难免顾虑多，你要想啊，正所谓生死有命，富贵在天，既然他们的生和死也不是我们哥儿几个导致的，那我们的富和贵总要争取争取吧？"

二斤是个"锁匠"。他是厉害的质数匹配者。目前市场上绝大多数的密码都依赖一套名为"RAS算法"的非对称加密算法。它依赖一个数学原理：计算两个质数相乘得到一个半质数乘积是极快的，但它的逆向过程却极慢——已知一个半质数（通常是6位以上的公钥），去尝试配对它的两个质数乘积，通过这个过程去找到私钥，计算量可能会突破天际。

但这也有例外，尤其是对于二斤来说：一个人的密码往往不会毫无规律，或多或少会和他的生日、重要的日子、电话、邮箱账号、社交媒体昵称甚至银行卡户名有关。一且信息从公开渠道泄露出去，像二斤这样的锁匠就会闻风而来，用自己的程序逐一破解曾经的密码护城河。

还没破解的账号叫作黑条，被破解的账号叫作白条，经过二斤的手黑转白的条子大约有上万个。

"所以你现在有几个白条？'东家'的姓名、住址、电话号码、身份证号码？"我问。

"嗯，然后我用了一点小技巧，用这些信息破解了她的网购账号密码。登录她的网购账号后，我绑定了一张虚拟信用卡，这个步骤不需要任何认证。过了一天的时间，我打电话给网购网站客服，声称自己几年前在网站上绑定的另一张信用卡卡号挂失，客服对我进行了一系列安全认证，包括生日、身份证号、新信用卡卡号——这个我当然知道，我刚刚绑上去的嘛，然后她就给了我之前那张银行卡的卡号。然后我再用这个卡号去手机软件超市，如法炮制，声称自己丢了旧手机，又忘了账号密码，需要恢复所有的应用数据，于是我的收获可不止一点点了。总之，你记好了，不同平台的账号之间，连环套连环，但都是同一套验证资料，总能找到突破口。"

"所以你说你是质数匹配者，实际上你一点也不懂 RAS 算法对吧？"

二斤白了我一眼，只见他向大头招了招手，示意到了人脸识别环节，也就是行话里的"认亲"。大头很自然地将他摆弄了一上午的塑胶面具模型拿了过去。

事实上，大头手上的塑胶面具一点儿也不像"人脸"，下方歪歪斜斜开了口，是嘴；两坨硅胶上点着黑色颜料，是眼珠；还有眉毛，不知道他从哪里弄了一点黑色纤维，粘了上去，东倒西歪的。整张"脸"组合起来，就像小学一年级学生的手工课作品。

"套上。"大头对我说。

"这么丑！"

"丑？又不是给人看的，是给机器看的。对于这种级别的社交网站，人工智能只会识别人脸上的 108 个关键节点，比如耳朵的高度、眼睛间距、唇纹和法令纹等。我把这些关键节点做得和'东家'一模一样，能糊弄机器，那不就好了？"

我不情愿地戴上头套，用含混的声音继续问大头："那遇到了动态识别，怎么办？让你张张嘴、眨眨眼的。"

"那就歇菜了，不过一般大额支付的时候才会遇到，我们去捡这仨瓜俩枣的，不至于。话怎么那么多，在我一双巧手的出神入化之下，肯定没问题……嘿！好了，认好亲咯。"

随着"滴"一声的确认提示音，至此，那位与我素未谋面的在涵洞中丧生的女人，她的社交账号、网购账号、邮箱、运动账号……一切都向我敞开了。

至于我的工作，这是整个"小额贷"的最后一步，也是最关键的一步，在接下来的时间里我将逐一翻阅"东家"的生前信息、她在网上留下的所有数字遗迹，从中找到有用的部分，比如那些×宝钱包里尚未来得及提款的零钱、没来得及领的红包和转账、社交账号里的代币等等。

虽然不多，但是对于我们这种人来说，苍蝇腿也是肉啊！这是一个相当耗时的过程，我们管它叫"签收"，我需要一点点进入女人的生活，就像进入古代墓穴的地宫，从随葬品的匣子里、陪葬衣物的口袋里翻出一些钢镚儿带回去。

虽然投入与回报不一定能成正比，但也有个好处，在整个过程中不用着急忙慌地躲避追捕，因为当一个人死亡后，家属会优先处理他的实体资产，最多还有银行账户。这些社交账号什么的，等被想起来已经是几个月后了，那个时候一切早已被我们搬空。

从女人的职业匹配软件上，我了解到她曾是一个非常了不起的母亲，供职于一家行业巨头，生完两个孩子后还坚持朝九晚五，在自己的岗位上做出了显著贡献。

她的购物和支付记录显示了她对家庭的尽心尽责，不仅要定期采购一家四口的日用品，还要安排两个孩子的兴趣班、辅导班课程。

打开她的视频播放器账号，扑面而来的都是学习视频，什么会计学基础、管理学基础，让我不禁好奇，她是一个有多么强大意志力的人，在工作和带娃之余，竟然能抽出那么多的时间来进行自我提高。

"怎么那么慢？"大头在旁边催促。

"在看呢。别催。"我应付道。

"这个年龄的女人啊，根据我们的经验，可以多去看看直播平台，如果是某些偶像的妈妈粉，可能充值了一些代币，还没来得及买大火箭大游艇……"

"还是别费那个劲儿了！"二斤补充道，"都没青春期小孩儿买游戏皮肤用的钱来得多！听我的，没找到有价值的东西就算了，我们去看看她那俩娃的游戏装备，那才是正经事儿！"

"给我点时间……"虽然这是我第一次干"小额贷"，但总觉得有哪些地方不太对。

"服了你了。磨磨唧唧！是想等他们报案，然后去和小英一起唱'铁窗泪'啊？"

"大头，就给他点时间，我记得这小子在训练阶段，第六感出奇的好，说不定啊，能有什么大发现。先这么着儿，让他先慢慢看，你和我一起把剩下俩孩子的认亲给做了！把他们的'锁'都给撬开了，黑条都转成白条了，再催他来'签收'也不迟！"

于是这俩家伙的声音停止了，我有了片刻共情那死去的可怜女人的时间。

她叫秦柔，死了一周，购物记录停留在十天前，未读工作邮件 82 封。

但当我打开她的聊天记录才真正发现有意思的东西，多达数百条的、无回复的聊天记录。

有来自公司同事的，也有亲戚朋友的。从刚刚看到新闻的震惊，到接受现实后的哀悼，其中一个来自 ID"罗一旭"的信息格外显眼。

"十月二十五日，今天是你走后第七天，头七之后，我将失去正当哀悼你的权利，所以，就让我再好好哭一回。"

"十月二十四日，今天是你走后第六天，你养的金鱼我已经喂了，它们都在等你回来。"

"十月二十三日，今天是你走后第五天，看到你放在冰箱里的水果，微微有些蔫儿了，但我不舍得吃，不舍得亲手抹除你和孩子在家里的痕迹。"

…………

这应该就是女人的丈夫了。好奇心驱使我一路往上翻阅聊天记录，最终停留在事故当天：几十个未接通话，以及无数条焦急的询问。

这个男人到底经历了多大的悲伤？

再往上，终于出现了秦柔的只言片语，那时她还没有化成水中的一具尸体，他们的对话大多关于家长里短，这时看来让人倍感唏嘘。

"小柔，可能今天要辛苦你了，下课后，去把孩子们接回家吧。"

"今天天气预报说要下暴雨，你开的车我又不熟。"

"我今天也要开个会，怕来不及。帮帮忙。"

"好的，我明白了。"

原来，这就是悲剧的起点。

我不忍心再往下看，于是退出了聊天界面，只是这个时候，一条新信息出现在屏幕上。

是一个提示风险："系统监测到另一设备正在登录您的账号。"

什么情况！我被吓了一大跳，大头和二斤纷纷转过头来。

"怎么了啊？"

"一惊一乍的！"

这时，一个命名为"文件传输助手"的对话框亮起，这通常是用户用来给自己传送文件的工具。

"你好啊，盗墓者。"

我的指尖忽然变得冰凉。

"大爷的，赛博盗墓还能遇到诈尸么？！"

晚间新闻：

本市破获一起连环赛博盗墓案，犯罪分子手段新颖，手法纯熟，团队作案，有充分的准备与预谋，警方的抓捕过程相当曲折。为杜绝类似的案情发生，请市民们务必保管好自己的隐私、信息，使犯罪分子无可乘之机。以下是详细报道——

画面中警察破门而入，晃动的镜头中传来一声隐约的哀嚎。

"我就知道是你！小英，你引导警方放出这个'东家'的假料，引诱我们上钩，再留意追踪我们的 IP……没说不给你分账啊……"

"都给我蹲好！"警察厉声喝道，"到局子里再讨论你们的'达不溜'问题去吧。"

山和名字的秘密

（上）

尤当九住在山腰的吊脚楼里，回家路上要穿过一畦畦的梯田。梯田盘在山上，都是月牙形状，像姑娘踩花山戴的大银角。

寨子里的人一年只种一季稻，但在冬天也把稻田放满水，一来是为了养地，二来是防止来年缺水。亮晶晶的梯田里能看到云彩，太阳把整座山照得跟镜子一样。尤当九赤脚踩进田里，泥巴飞溅，这面镜子就碎了。

他个子小，又背了个大书包，跑得直喘粗气，老师说今晚天上要落下火箭，他得在天黑前赶回家告诉阿公。

尤当九的族人世代吃穿靠山，老天降下什么，山就接着什么，比如丰富的雨水、茂密的竹林、鲜红的菌子。所以当邻近的发射中心刚建成时，烧得火红的一级火箭残骸掉进山里，年轻人会从坑里把火箭碎片刨出来，再抬回寨子，那时人们认为从天而降的都是福慧的宝物。

可渐渐地，天上落下的铁块变多了。每年糯稻成熟时，镇上会通知大家，哪些天卫星发射基地有任务，村民尽量减少外出。

而到了那些晚上，即使人躲在家里，也听得见轰隆隆一阵声响，就像姜央打雷公。开始的时候，一道光像马灯那样微弱，光芒都被闷在黑云里，紧接着越来越亮，拖出好几根刺眼的尾巴。

那些尾巴一边燃烧一边坠下，大的落在田里砸出个深坑，庄稼就倒下一大片。放养在田里的稻花鱼正是最肥时，火箭碎片坠下时水田被狠狠搅浑，泥巴翻涌，第二天天亮只见一池鱼儿都翻白肚皮。

小一点的火箭残骸落在吊脚楼上，砸飞好多屋瓦，再把瓦下的木板钻出个窟窿。吊脚楼的楼底关猪、羊，二楼住人，楼顶则堆放全家一年的口粮。要是烧得赤红的铁块在谷仓里燃起了火，这户人家一整年就是白忙。

到了尤当九上小学时，村里的成年人已经怕极了"卫星发射"这四个字。唯有孩子们还保持着好奇，在那些姜央打雷公的夜晚里，他们从紧闭的门窗探出头，想看看传说中给祖国带来了富强、给生活带来了希望的火箭到底长成什么样。

今天学校老师说，晚上要发射的是广播电视直播卫星——"中星9号"。在即将到来的2008年北京奥运会上，它将承担直播信号的转发任务，把奥运健儿夺金的画面传送到祖国各个角落，传送到人们的电视屏幕上。

尤当九家里刚买了一台21英寸大彩电，吊脚楼上也竖起了卫星天线。他告诉阿公今晚发射火箭是为了完成一个光荣的使命，阿公却长长吐出一口烟，他的烟丝像新烤的，用的却是一杆老烟枪，银制的烟嘴上原有一圈云雷纹，早被磨得又滑又亮。

"劳碌命。"阿公自言自语。

尤当九回家没多久，推门进来了几个中年人，和往常一样，他们是来请阿公做卜的。火箭残骸落到谁家地里是不长眼睛的事，但尤当九的阿公是远近闻名的巴代雄，他能做族人的眼睛，看见还没发生的事情。

阿公的嘴角和脸都长满了褶皱，旧头帕被烟草熏得蜡黄，看不清原本的颜色。他的全名叫作"九勾羊"，没有姓，这里的人施行祖孙三代连名，把父亲和爷爷的名字缀在孩子的名后，每个孩子都会带着三个人的名字过一生。

"勾"和"羊"是阿公的爸爸和爷爷，"九"才是属于祖父的名字，意思是桥。阿公生下来的时候瘦小又羸弱，就被寄养给了村尾的一座石桥。人们常把多病的婴儿过继给随处可见的物什，比如桥梁、板凳、石头、樟树，这些粗陋的物件会给孩子带来长寿和智慧。

　　阿公出生后不久，一条新路从山脚修到了村口，所以他名义上的父亲——那座石桥变得人迹罕至，石缝里长出了青苔青草，渐渐回归成了山野的一部分。九勾羊每年还是会带着米和肉来桥边祭上一祭，也许正因如此，桥的眷顾才让阿公成长为最优秀的巴代雄，可以吟诵赞颂十八代王丰功伟绩的长诗，也可以为寻常人家祭灵验的喜香。

　　这天傍晚，阿公换上青衣对襟衫，青丝巾裹头，来到村口一棵树下。树是棵很老的樟树，大约要十个孩子的小胳膊才能环抱过来。十几个中年人在旁围成一圈，都是一家之主，他们代表每一个在山里繁衍了千年的家族。从几年前开始，火箭坠落之日的傍晚，他们都来找九勾羊卜一次，因为阿公能提前知晓大山的秘密，说出大山能看到的所有灾祸。

太阳落下了，光线暗淡起来，远处的山头就像九勾羊吐的烟圈，逐渐融进灰蓝的天色里。大树阴影下，十几个中年人的脸变得晦暗不明，小个子的尤当九看不清他们的五官，却能看清楚他们的表情，凝重、严肃，没有一个是眉头舒展的快乐样子。

阿公让尤当九从家里取来一个正方形的木簸，这块木料有些年头了，覆盖了一层浑浊的包浆。阿公把求卜者带来的米和钱倒进木簸的凹槽里，再在米里浅浅埋入一条旧布巾，那是从尤当九的旧褂子上扯下的。然后他点燃三炷香，烧三张纸，吞烟三口，嚼米数粒，面对着樟树坐下。

九勾羊口念含糊不清的卜辞，用力将木簸顺时针旋转数次，晦暗的光线下，白色的米、黄金的钱和靛黑的布筋在木簸里碰撞、翻滚，转成了一个乳白色的旋涡。

尤当九看到旋涡里的颜色汇成了一颗星星的形状，星星在夜空中蹿跳、上升，然后产生一个爆炸——火红的铁块散到地面上，有的掉入田里烧干了田水；有的掉进村尾，砸塌了猪圈，老母猪全被压死；更多的铁块掉到了山里，火星四溅……

木簸里的颜色热烈翻腾，就在尤当九要被眼前的景象吸进去的时候，阿公的手停了。色彩就那样分离开来，恢复成了白色的米、黄金的钱和靛黑的布筋，各是各地静静躺在那里。

　　九勾羊似乎消耗了很多力气，他缓缓张开口，用老烟嗓问尤当九："刚刚看见什么没有？"

　　尤当九抬起头对着阿公："看见了，西边。"

　　九勾羊点点头："是西边。"

　　尤当九试着扶阿公从地上站起来，他感到阿公就像秋天的稻秆，一拽拉就会倒伏在田里。旁边有人捧来了一个铁缸子，里面是加了阴米和花生的油茶。尤当九最喜欢这种茶，将油、食盐、茶在锅里焖炒到冒烟，再加水煮开。茶水冒泡时放入玉米、黄豆、糯米饭，喝的时候，谷物的香气和茶香一起钻进鼻子里。

　　阿公喝完油茶，似乎恢复了一些力气，向众人解释木簸里的钱币和布筋变化的象征。

　　米没有撒出，钱币也没有互相碰撞，这代表他们求证的事情确实会发生——灾祸要从天而落到村里。而布筋随着米的运动绕成了四个弯曲的一团，预示着从天而落的东西属火，落入田间之后却有了金，就是西边。因为钱币没有深深埋入米中，所以落下的东西数量不多，也不会造成灾难，只是会让村民蒙受一些经济损失。

九勾羊将木簸里的米和钱倒进随身的蓝印布包里，按照惯例，这是村民们给巴代雄的报酬。木簸则归尤当九收好，这法器将来会连同阿公的名字一起传给他。

"阿公，为什么簸里的米能看见未来？"尤当九跟在阿公身后，边追边问道。

"尤，你也开始好奇这些问题了。我问你，米是怎么来的？"

"谷子在山上的田里熟了，用石臼舂开，筛去糠后就是米。"

"米是用来做什么的？"

"可以做的太多了，吃的糯米饭、花粥、糯米粑，喝的米酒和油茶，还可以用来腌酸肉……"尤当九认真回答。

"从我们进这片山开始，米就长在山上；从我们进这片山开始，祖先就靠米生活。祖先生下子子孙孙，稻谷也一代代播种发芽。从远古以来，从有四季以来，无论什么东西掉在山里，山都记得。而米是山的化身，是我们和山的纽带。能够弄懂米的秘密，就能知道山想说什么。"

"我不太明白。"

"我们种米吃米，米也成了我们身体的一部分，你要学会看懂米的语言，才能成为一个巴代雄。"九勾羊说道，然后就开始准备晚上驱星使用的活物。他们来到了自家吊脚楼下，这里用小竹篱笆围出了个鸡圈。尤当九一边说话一边在鸡群里扑腾，吓得母鸡离巢，一屋子鸡毛纷飞。

"但我为什么要成为巴代雄？"

"巴代雄要唱歌。"阿公神秘一笑。

"这个我知道，巴代雄祭祖请神都要念唱，歌词是连接祖先与山林的旋律。祖先听了就知道是哪家有灾祸，大山听了就知道哪家要帮忙。"

"年轻的答啤听了就知道你的心思。"阿公对尤当九说。

答啤是漂亮姑娘的意思，阿公让尤当九不要再下地吓鸡，要学着他的样子在鸡群的周围走来走去，让鸡感觉人对它们没有危险，才会放松。

"答啤？"

"巴代雄都有好嗓子，嗓子用来唱祭诗，嗓子也用来唱花山。阿公年轻的时候，一年就盼着夏天的花山节，答啤的眼神比六月的天气还热。哈哈哈哈……阿仰是年轻人眼中最鲜艳的花，但只要阿公一开口，那双鹿一样的眼睛就从来没有离开过我。"

"女仔最烦了，学校那些女的留长头发，体育课跑起来头发飘到我脸，我扯一下她们就哭。"尤当九嘟囔道，声音不大，但九勾羊听到了，他拍拍孙子的肩膀，他知道不用自己教了，这将来绝对会是一个好情种。

九勾羊佝下身，在离自己近的地上撒点食，又抓了一把糠在手里，越来越多的鸡凑过来，他轻轻抚摸，动作很慢。等到鸡放松了警惕，他找准时机，快速抄住一只大公鸡的腿，另一只手牢牢扣住它的翅膀。大公鸡就傻眼了，喉咙发出咕噜噜的哀嚎。

然后，公鸡的脚上被绑了红线，尤当九捧着它来到樟树旁。这时天色已经很晚了，十多个村民点着火把和蜡烛陆续前来，将啤酒、三块猪肉放到树下。树上接了一盏电灯，橙黄的灯光把人脸照得发光。树下的方桌上摆放着一斗大米，上插三炷香，正前方是一块放在碗中的熟猪肉，碗上有一双筷子，而桌子腿上用红绳拴着那只大公鸡。

一旁的炭盆已经烧热冒着火光，他们的准备工作就绪。

驱星仪式开始了，九勾羊把蜂蜡团成三颗拇指大小的丸子，分三次扔入燃烧的火盆中。这样做是为了用蜡黏住在场的其他巫人，不让法术中断，驱星仪式才能免受打扰。火舌舔到了蜂蜡团，滋滋一声蹿到阿公的腰那么高。

九勾羊面对众人，开始唱念经文："十九位金柱公公，十九位银柱爷爷：你们住讷勾村，你们居讷熟寨，不来我用稻粒来喊，不回我用米粒来送。稻为媒介，米来领路。"

紧接着他开始吟唱十八代王的丰功伟绩、寨子里祖先的名字和他们的故事，一个个的名字都有自己独特的发音，不能念错，也不能颠倒，更不能打断。

九勾羊每吟唱完一段就要卜卦一次。尤当九负责将地上的筶子捡起来交还给阿公。桌下的大公鸡已经被人割开脖颈，血滴滴答答流进了一个盆子。血将流尽时，鸡被放入煮沸的开水中烫过再褪毛，然后下锅煮，鸡身上每个部位都要切下一小块敬神。

阿公右手持蚩尤铃，为每一段卦相祈福，蚩尤铃拖下好几段布条，随着阿公的吟唱轻轻摆动，铸在铃把上的蚩尤头像则怒目远视，看着尤当九，看着阿公，也看着无数代在山里生活过的先人。

尤当九觉得蚩尤的眼睛好像是活的，顺着他的眼光望去，在炭火燃烧的光的最深处，他看见了一队人，他认出了几个在经文里出现的祖先，比如长着一张黑脸、最会种地的榜，曾经杀过一只虎所以浑身披着虎皮的勾，还有羸瘦但能唱出优美情歌的桑。

队伍最前面的是刚死去的大公鸡，脚拖着的红线还是尤当九绑上去的，那段红线牵连着身后的一队祖先。它走路一摇一摆十分神气，仿佛没了它队伍就没了方向。尤当九想起那只公鸡刚刚在自己手里的时候还是温热的，还瑟瑟发抖有些不情愿。但如今它挺起胸膛，带着祖先们从一座石桥上走下来，再走到村落深处去。

三炷香烧完了，阿公停止了念诵。

为了沾上灵气，众人将米饭以及煮好的鸡肉分别装进碗里，分发食用，驱星仪式到此就算结束。

"祖先怎么说？"尤当九捧着碗凑到阿公面前问。

"他们带着今晚的灾星走了。"

"他们就那么听你的话？"

阿公重重敲了一下尤当九的脑门，尤当九痛得嗷一声叫。

"什么叫听话！从古到今，这座山承接了天上落下来的一切，冰雹、雨水、灾星、雷电……祖先心生怜悯，愿意用大山的力量为我们避开灾祸。"

"那祖先留下的鸡腿我可以吃吗？"尤当九问。

"想吃就吃。现在啊，这只公鸡正领着祖先们回到天上呐！"阿公把一个鸡腿夹进尤当九的碗里，笑眯眯地说。

这天晚上，卫星发射时依旧漫天红光，但火箭残骸没有坠落到村里，村西阿婶的那头老母猪第二天产下了十只崽，每一只都是母的。

两个月后，北京奥运会开幕，阿爸阿妈从城里回来，帮着家里收稻谷、做粑粑、腌稻花鱼。一家人围在彩电前看夺金热门的跳水比赛，信号从他们头顶上方万里之外的

"中星 9 号"传来。

"他们为什么要跳进水里呢？"尤当九问。

"怕是水里有鱼，比赛谁捉的鱼多！"阿公在门槛上磕了磕烟锅。

尤当九缠着阿爸讲城里的故事。阿爸告诉他城里楼房高，在高高的楼房下，女仔都穿着漂亮的花裙子走来走去。

阿公打断他："楼房高，有五月的花秆高吗？花裙子好看，有阿仰穿的织锦百褶裙好看么？"

看阿爸不搭话，阿公笑着抽了一口烟。

阿公让尤当九跟自己学习赞颂十八代王的长诗。长诗很难记，祖先和先王的名字更加难记，但得连贯着念完，不能颠倒，不能停顿，尤其不能在讲到勇士们遭受磨难的地方停顿，那样会带来厄运，任何在祭祀场合背错长诗的巴代雄都会被族人唾弃。

尤当九很聪明，阿公念一句，他能记下一句，伴着芦笙唱出来，歌声洪亮又悠扬。

"将来一定做个通天的巴代雄！"阿公说。

但是，与背诵米卜卦相、祖先名字比起来，尤当九更喜欢看电视。他喜欢看电视里穿着泳装参加比赛的男男女女，水上芭蕾是他们在浅水里捉鱼，那应该是鲢鱼；跳水是他们扎进深水捉鱼，那肯定是鲤鱼。鲢鱼煎烤得焦香最好吃，鲤鱼用小虾和大米沤成酸汤鱼最鲜美。

谁捞的鱼越多分越高！未来他也能去参加奥运会。

半个月之后，奥运圣火在北京熄灭，梯田里也只剩下了一截截的稻秆，父亲阿当和母亲一起回城里，走的时候带走了尤当九。

尤当九记得临行之前，阿公用烟杆子戳戳他的脑瓜："好好给我背下来！"他说完转过身子继续抽旱烟，没走出门送尤当九。

"爸。"阿当对着九勾羊的背影喊，他们一家三口已经站到了门前。

"走吧，走吧，大山有它的决定，你们有你们的。"

"阿公，燕子一回来我就来看你。我背好你教的咒语，你可以考我！"尤当九抹开一把鼻涕，边哭边说。

"不是咒语！那是祖先的名字，未来有一天你会明白，祖先一直都活在你的名字里。"

阿公到了最后也没转过头来。

尤当九再也没有见到阿公。

这年冬天阿公死了，就在尤当九放假回来前的第四天。

就像他知晓大山的所有秘密一样，阿公似乎也知晓自己命运里的所有秘密。九勾羊独自在屋里，换好了一身青衣对襟衫，青丝巾裹头，坐在一把老旧的木椅上，谁也没打扰，他就这样永远睡着了。

原先都是阿公为各家各户做法事，他人善，只向丧家收三枚鸡蛋。如今他去世了，来送他的人围满了寨子。葬礼进行了一天一夜。

巴代雄不会在祖屋直接入殓，人们把阿公放到一把太师椅上，一路翻山越岭抬到祖坟，在那里入殓下葬。父亲阿当在一旁护住椅子，不让阿公的尸身坠下，一位三十多岁的巴代雄走在太师椅前，他叫阿宝，向九勾羊拜过师，这次由他唱诵经文送阿公上天。队伍的最前面则是尤当九，他捧着一只大公鸡，鸡爪上还是系着红线。这次不用阿公说他也明白了，一会儿就由这只大公鸡脚上的红线牵着阿公三分之一的灵魂上天。

山路泥泞天又冷，长长的送葬队伍穿过村尾的石桥，那是阿公名义上的父亲；也穿过数不尽的梯田，阿公在山上的田地里耕作养鱼，喂大了阿爸和他的弟兄；还穿过山腰上的樟树，阿公在树下用洪亮的嗓门唱出祭文，驱散从天而降的火箭残骸，也设坛做法，为一村人求下雨水和丰年。

最后一抔土盖上了九勾羊的坟，年轻的巴代雄阿宝让每个人都说一种阿公最喜欢的事物。这样，等一会儿阿公上天时，快乐的记忆会把他包围。

"金黄的烤烟丝。"

"他的老烟枪。"

"宝贝孙儿阿尤。"

"那一圈他养的鸡。"

"他卖母鸡换来的老酒。"

"村尾的石桥。"

"祖先的名字。"

"大山里的一切。"

到了尤当九，他是最后一个，小小的身影站在新墓前，墓碑上写了长长一串他不认得的符号，那都是列祖列宗的名字，祖父孙三代相连的名字，每个音节连成一首诗，就像一条即将升腾上天的苍龙。

所有人的眼睛都落在尤当九身上。

"阿仰。"尤当九说道，"阿公最喜欢的阿仰，跳花山最漂亮的阿仰。"

他用皴红的小手背抹去脸上的鼻涕。

（下）

寨子过年叫作过"能央"，其实并不像汉人那样过固定的年，而是由鼓藏王来计算决定哪天是能央。这么多年来，鼓藏王定的日子从来不会下雨，一定是个冬季里大家能尽兴的好日子。在这个日子里可以祭祀祖先，吹芦笙踩堂，答啤们的银角银花冠翩翩起舞。

过完能央就要开始斗牛和椎牛。但通常到这个时候，尤当九早回学校了，城里的生活跟他想的一样，一切都比寨子里快。

街上人走路快快的，车开得快快的，他快快地抽条长个子，再考进了大学。

"一不留神，就那么大了。"阿妈说。

"我在他这个年纪，就算成年，有了自己的土枪。第一次进山自己打野味，打回来一只獾孝敬祖先。"阿爸说。

但尤当九不会拥有自己的枪，他是一个大学生，主修计算机科学。成日与代码为伴，他要什么枪呢？即使他继承了阿爸的气概，需要拥有一个证明自己已经成年的武器，那他想要的武器也只是一个用着顺手的键盘。

这就是他的新年愿望，拥有一个青轴机械键盘，打起字来噼啪作响，老师也能知道自己在用功。

能央快到的时候，阿爸阿妈在城里做事，尤当九是独自回去的，带着自己的笔记本电脑。这一年，无线网络信号覆盖到了家乡，他可以在溪水旁、在祠堂下打开电脑连上网，和山外世界保持精神上的同步。

也是这一年，卫星发射更加频繁了，火箭落得也更频繁了。

去年年中，一块残骸坠落在广场边的水泥地上，水泥是硬邦邦的，铁块弹起来老高，不长眼睛地向人飞去，削掉了一个女学生半个脑袋。

"女仔就是路过，"阿宝说，"可怜呐！葬在了水塘尾，她阿爸不让阿妈来看，要是看了女儿的样子，阿妈也要伤心丢魂。"

阿宝现在已经是一个老练的巴代雄了，农忙时种芝麻、种水稻。水稻留着自己吃，芝麻榨了油卖钱；闲时则为人做卜、祭神。不像师父九勾羊那样旱烟枪不离手，他是有活力而清爽的。

"芝麻开花节节高。"阿宝带尤当九在田里边走边说，脚边的芝麻苗一边开花一边往上蹿个子。

"阿宝叔，你现在还驱星吗？"尤当九问。

阿宝点点头："嗯，入了秋几乎每月都驱星。只是我没有你阿公的道行，祖先跟我不像跟他那么相熟！"他停顿了一会儿，认真看尤当九，"阿尤，你阿公说你有好记性和好嗓子，这些都是神明给的福慧。如果是你，你裹上青丝巾，披上青衣对襟衫，或许祖先就能听到我们的祈求，从天上下来……"

尤当九知道，阿宝又想起去年女学生的惨死，他没有念过什么书，所以把这一切的不幸归咎于自己无法得到祖先的信任，祖先不愿用大山的力量驱走那些坠落的铁块。

"其实，火箭一级残骸的坠落区可以用电脑算出来。或许以后技术进步了，优化了算法，我们能精确算出它们落在哪儿。"尤当九安慰道。

"电脑能驱走灾难吗？"阿宝问，"我们的先人没有发明文字，经验只能靠口耳相传，大山承载天上坠落的一切，先民和大山共处，用首尾相连的音节记录大山的智慧，那些祖祖辈辈的名字里就藏着从远古传下来的秘密！"

尤当九不说话。回家路上他忍不住嘟囔："比我阿公脾气还硬的老古董，大山的秘密能是什么样的秘密呢？"

不知不觉，沿着青石板，他走回到了童年的吊脚楼。自从阿公离世，这里便不再有人勤打理，只有在每年春季阿爸会找人来拣瓦。房间一切维持原样，陈旧了许多，原先放在厅中央的大彩电，现在看起来像个过时的小黑匣，坏了也没人修。

尤当九犹豫了一会儿还是没忍住，打开了阿公藏法器的抽屉，拿出蚩尤铃、青丝巾，还有那个原本要传给自己的木簸。

尤当九从隔壁家米缸里借来一些米，又把青丝巾和一些硬币浅浅埋进盛满米的木簸内。他想起了阿公，每次被众人围绕着做米卜的时候，阿公会难得地放下烟枪，摇头晃脑哼唱着卜辞，旋转木簸，身上的铃铛叮当作响……尤当九想起那样子，也不自觉地哼唱起阿公唱过的歌谣。

"带着女儿金桃迁徙，像鱼儿游上溪河；带着女儿金美行走，像鸟儿飞过山坡。日月十二双，日夜不停跑；晒得田水啊，好比开水冒；晒得石头啊，软得像粘糕；晒得坡上啊，草木齐枯焦……"

忽然他感觉到什么东西慢慢旋转了起来，起初是木簸里的米和钱币，然后是自己的身体，最后整个房间都在旋转。这种感觉跟他儿时经历过的米卜很像，但更加强烈。一切眼见的固体都化成了湿漉漉的色彩，就像沾了清晨的露水一样。

他看见那些色彩逐渐融合，在吊脚楼的光影下变成了模糊的形状——他看见了红色。

一大片完整的火光从黑夜最深处降下，落到村子最中央。大山里的村寨如同打翻了炭盆一般，木脊在燃烧，瓦片被热气烤焦崩裂。那些灯光不见了，星星不见了，邻人的歌声也听不见了，取而代之的是黑烟和红雾，还有女人和孩子的呼救。

星星落在了村子里！

他一个激灵清醒过来，然后一切都不转了。刚刚眼前的景象就像是真实发生一样，就像有人拿了录像机把秘密录下来给他看。尤当九站起身，扶着门框定了定神，做出了最快的一个决定，他迈开腿飞奔下山，去芝麻田里找阿宝。

尤当九无数次在这片梯田里奔跑，但没有一次感到像今天这样漫长。稻秆还没有开始燃烧，落在田里的禾芒割伤了他的腿脚，可他怎么顾得上那么多？粮食丰收，粮仓满满，若此时火箭残骸从天而降，就是一个不合时宜的火种，短时间内可以点燃干燥的村寨。

曾经，有个老族人问从城里回来的大学生尤当九："你能不能跟领导说说，不要在我们这一带放卫星了？"

"那去哪儿放呢？"

"去没有人的地方，去海上，去沙漠里！"

"放卫星的纬度是有限制的，"尤当九解释道，"而我们这一片的山，已经算是人烟稀少了。这是能找到的最合适的卫星发射基地。"

"那也不能这样！为了完成不知道哪个领导的任务，我这一片田都毁了！"老族人用柴刀将一根竹子削得又尖又细，准备去给两岁大的母牛穿鼻孔。四亩水稻，夫妇两人原本准备抬一根竹竿压穗头，赶着稻花进行人工授粉。现在好了，被火箭残骸砸坏田，稻子倒了，花穗就泡在水里，花粉化干净了，即使把庄稼扶起来，最后也只能结出空稻壳子。

"不是有赔偿么？"尤当九问老族人。

"赔偿还不够我找人把垃圾抬出去！"他用竹竿尖的那一头指指田埂上的一块残骸，"火箭落下来，就这一块还算平整，我找铁匠磨出一把菜刀来！别的都是破铜烂铁，处理垃圾还要给别人钱。"

那时老人不知道，火箭落在田里已算是一种福分。今晚将要落下完整的火箭残骸，因为与大气高速摩擦，它要在村子人群最密集的空气上方炸开，散成满天星。面对从天而降、无所不在的火光，他们又能躲到哪里去？

尤当九在芝麻田里找到了阿宝。"我去通知县里的领导，你来……"他顿了一顿，费力地挤出话的后半句，"你来驱星。"

"阿尤，你真在米里看到了天上落下大铁块？"

"嗯。就在人最多的广场上方，碎成火红的一大片！"

"那么……你还有没有看见别的？"

"别的？"

"你能通过米卜看到未来发生的事，说明大山决定选择你。山的决定会有山的道理，它一定通过米给你留下更多智慧，来帮助我们渡过难关。你好好想想，在米里有没有看到更多？"

"没有。"尤当九迟疑了一下。

尤当九回家就拨通了县政府的电话："您听我说！这是真的！我们县被火箭一级残骸主落区覆盖，今晚要坠落在我们村寨里的火箭残骸重达数吨，威力不亚于一枚重磅炸弹！一定要疏散村民……请您、请您务必……喂？喂！"

"县长不信你？"阿宝在旁问。

"哪能跟县长说上话？是办公室主任，他说落区群众防护工作由军区司令部和卫星发射中心共同负责，相关部门会向落区发布通知。指挥部已先后完成了上百次回收任务，他要我放心，不要白日妄想，更不要散播恐慌情绪。"

"你哪里是白日妄想？是祖先让你看到了山的秘密。"

"不是所有人都相信山的秘密。阿宝叔……只能这样，我看看能不能通过学校内网搜索到计算火箭残骸落地的算法，而你，你去准备一只大公鸡！"

"阿尤，你真的没有在米里看到更多的——"

尤当九闭上眼，在那火光漫天的幻象里他根本顾不上那么多，他只想逃出来，逃回阿公的吊脚楼，逃到那片童年曾经奔跑过的梯田里。

"真的没有。"

"大山的智慧不是用眼睛看，是用心。"阿宝说。

祠堂建在寨子的高处，这里的信号是最好的。尤当九挑了个干净地方坐下，他的正对面就是刻写着族人名字的木碑。

在这个午后，他通过网络用一切方式查找资料。但是没有一个人、一种理论能够确切告诉他，今晚卫星发射中心点燃的火箭，与卫星分离后到底会不会造成山寨的火灾，更不会有任何人愿意无条件相信一个曾经学过一点巫术的计算机系大学生，劳民伤财地撤离全山寨的男女老少。

随着太阳下沉，祠堂木檐的影子在天井里逐渐拉长，一点点攀上了墙，老猫蜷在影子里，打鼾、舔毛，而远处是山林自古以来维持的深绿色，和夕阳的水红色混在一起。都是宁和安静的样子，就像祖先生活过的千万个寻常日子。这画面甚至让尤当九都开始怀疑自己在米中看到的幻象只是一个恶作剧，今晚还是会像之前那些有惊无险的晚上一样，天黑人们回家煮饭、休息，天亮后大山的一切依旧平静。

他抬起头，揉了揉酸痛的眼睛。等到视觉重新恢复清明，那行在木碑上的名字引起了他的注意。

"祖先没有文字，用首尾相连的音节记录大山的智慧，那些祖祖辈辈的名字里就藏着从远古传下来的秘密。"阿宝说过。

"祖先的名字不能念错，祖先一直活在你的名字里。"
阿公说过。

尤当九将祖先的名字一个个输进开启的程序里。那些
音节，从第一代定居在山里的祖先，到这一代，一个不少：
长着一张黑脸、最会种地的榜，曾经杀过一只虎所以浑身
披着虎皮的勾，还有羸瘦但能唱出优美情歌的桑……

他想起年幼时的那个晚上，顺着蚩尤的目光看到的一
切。大公鸡脚上绑着一根红线，红线那头牵着祖先们从一
座石桥上走下来，再走到村落深处去。

石桥！

他在米里也曾看到过石桥，人们通过这座桥逃到了对
岸，桥的石缝里长满青苔青草，是山野的一部分。

尤当九倏地站起来，吓跑了在影子里打盹的猫。桥在
他们的语言里叫作"九"。九是他阿公的名字，也是他名字
的一部分。那……那就是连接他和阿公的一个音符，直到
此时此刻的今天，阿公还活在自己的名字里。

尤当九冲出祠堂，他终于了解了大山的秘密。

大山本身就是一个无穷无尽的算法，数据来自千万年、千万次的降落。无论是阳光、雨露、陨石，还是燃烧着的火箭残骸，一切落在山里的，大山都记得。然后山用自己的智慧，在这些数据之上，推算出了下一次的坠落。

他的祖先发现了大山的秘密，可是却没有发明文字，只好将开启大山秘密的代码编进每一个名字的音节，教导后人一代代延续传唱。每个婴儿的名字连着父亲和祖父的名字，每个名字都出现在长诗里。

族人名字，是一种代码，而山就是算法本身！

山野里的石桥边，阿宝已经布好了祭坛。

尤当九裹青丝巾着青衫，将蜂蜡分三次扔进炭盆里，洪亮的歌声念诵十八代王的丰功伟绩以及他每一位祖先的名字，芦笙的旋律就像从河对岸传来：

"十九位金柱公公，十九位银柱爷爷：你们住讷勾村，你们居讷熟寨，不来我用稻粒来喊，不回我用米粒来送。稻为媒介，米来领路。"

尤当九看见一座山野中人迹罕至的石桥，有个年轻人带着米和肉赶来拜祭。年轻人转过脸来，眉毛和眼睛像自己，是年轻时候的阿公。他站起身嘻嘻笑着唱情歌，身着织锦百褶裙的姑娘踏着旋律走来，像百灵鸟一样依绕在他身旁，那大约就是阿仰？

阿公这次身上没有带那杆烟枪，年轻的他在石桥那头踩着歌点，摇摆着，歌唱着，石桥这头就是尤当九。尤当九知道，自己无论如何也没有办法向桥那边踏出一步，只好伸胳膊向对岸招手，手里握着的蛊尤铃响了，可是阿公没有向他多看哪怕一眼。

渐渐地，阿公周围的人越来越多，那些是出现在长诗里的祖先，他们闲聊着、歌唱着，其中的两个甚至饮起了阿宝带来的米酒。阿公用尤当九从未见过的快乐舞步向桥下走，走向村寨里去，祖先们以同样的速度跟随他的步伐，队伍路过了尤当九，就像路过一团绒草。

尤当九想叫住阿公，可是嘴里唱着长诗，不能停下来。他想跟着阿公的脚步追上去，可是双脚却被蜂蜡粘在地上，一步也挪不开。于是他只有继续唱，继续摇着铃铛，望着一行人越走越远，直到消失在村里的广场上，消失在一团红色的火光里……

这天晚上，卫星发射任务一切正常，只是在一级火箭分离的过程中，残骸坠下时燃烧不完全，砸中了村尾一座人迹罕至的桥。

阿爸知道了这个消息非常悲伤，惋惜地对尤当九说："那座桥没了，你阿公是那座桥的一部分，我们再也见不到他了。"

可尤当九却一点也不难受。因为他知道，阿公一直生活在这片山，跟山一起承接着从天而降的幸运与不幸。

而尤当九，他的名字，就是阿公和山所有的秘密。